運を引き寄せた男
小説・徳川吉宗

長谷川 卓

祥伝社文庫

目次

徳川家 略系図

❶家康 いえやす

❷秀忠 ひでただ

❸家光 いえみつ

❹家綱 いえつな

綱重 つなしげ

❺綱吉 つなよし

❻家宣 いえのぶ

❼家継 いえつぐ

尾張 おわり
1 義直 よしなお ──（二代略）── 4 吉通 よしみち
7 宗春 むねはる
6 継友 つぐとも
5 五郎太 ごろうた

紀伊 きい
1 頼宣 よりのぶ ── 2 光貞 みつさだ
3 綱教 つなのり
4 頼職 よりもと
5 ❽頼方（吉宗） よりかた よしむね

水戸 みと
1 頼房 よりふさ ── 2 光圀 みつくに
3 綱條 つなえだ
綱方 つなかた

※❶〜❽は将軍職を、1〜7は藩主を示す。

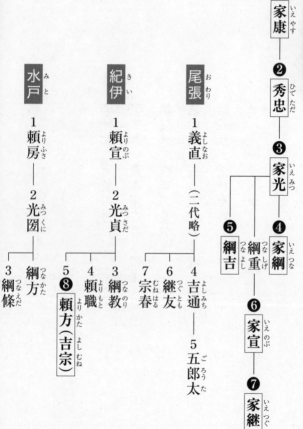

主な登場人物

根来衆《ねごろしゅう》：吉宗に付く紀伊の忍び集団
名草《なぐさ》の多十《たじゅう》、黒羽根《くろばね》の市蔵《いちぞう》、すが漏《も》りの弁左《べんざ》、室《むろ》の草刈《くさかり》、
空蟬《うつせみ》の堂鬼《どうき》、砂絵《すなえ》の甚兵衛《じんべえ》、矢作《やはぎ》の小弥太《こやた》

吉宗の周囲の者たち

小笠原肥前守胤次《おがさわらひぜんのかみたねつぐ》（主膳《しゅぜん》）…元紀州《きしゅう》家家老。幕閣《ばっかく》となる
有馬兵庫頭氏倫《ありまひょうごのかみうじのり》（四郎右衛門《しろうえもん》）…元紀州藩士。幕閣となる
加納遠江守久通《かのうとおとうみのかみひさみち》（角兵衛《かくべえ》）…元紀州藩士。幕閣となる
大岡越前守忠相《おおおかえちぜんのかみただすけ》…吉宗により江戸町奉行に抜擢《ばってき》
稲生次郎左衛門正武《いのうじろうざえもんまさたけ》…絵島生島《えじまいくしま》事件を裁いた辣腕《らつわん》目付
水野和泉守忠之《みずのいずみのかみただゆき》…勝手掛老中《かってがかりろうじゅう》
松平左近将監《さこんしょうげん》乗邑《のりさと》…勝手掛老中
神尾若狭守春央《かんおわかさのかみはるひで》…勘定《かんじょう》奉行

幽斎《ゆうさい》…根来衆別派涌井谷《わくいだに》衆の頭《かしら》
安藤帯刀《あんどうたてわき》…紀州附家老。代々安藤帯刀を名乗る
村尾外記《むらおげき》…徳川頼職《よりもと》（吉宗の兄）の元側近
久住源吾《くずみげんご》…村尾外記の女婿《じょせい》
竹姫《たけひめ》…綱吉の養女。後に吉宗の養女となる
松平美濃守吉保《まつだいらみののかみよしやす》…綱吉第一の側近
間部越前守詮房《まなべえちぜんのかみあきふさ》…家宣・家継の側用人《そばようにん》
新井白石《あらいはくせき》…家宣・家継に仕えた儒臣《じゅしん》
天英院《てんえいいん》…家宣の正室
月光院《げっこういん》…家宣の側室。家継の生母
荻原重秀《おぎわらしげひで》…綱吉・家宣に仕えた勘定奉行
竹腰山城守正武《たけのこしやましろのかみまさたけ》…尾張藩附家老
成瀬隼人正正泰《なるせはやとのしょうまさもと》…尾張藩附家老
安財数馬《あんざいかずま》…徳川継友の元小姓

第一章　野望の男

頼職《よりもと》暗殺

石垣沿いの道を、男が歩いている。

男の背丈は異様に高い。六尺（約百八十センチ）は超えているだろう。色は黒く、精悍《せいかん》な面差《おもざ》しは猛禽類《もうきんるい》に似ている。羽織に染め抜かれた井筒《いづつ》の紋《もん》が、男の歩みに合わせて揺れた。

男の名は、松平主税頭頼方《まつだいらちからのかみよりかた》。二十二歳であった。紀州《きしゅう》家二代藩主光貞《みつさだ》の四男、後の八代将軍徳川吉宗《よしむね》である。

宝永《ほうえい》二年（一七〇五）九月七日。紀伊《きい》和歌山城である。虎伏山《とらふすやま》に築かれた城は、別名《虎伏城》とも呼ばれていた。

頼方は、虎が伏すという呼称をひどく気に入っていた。藩祖は、《南龍公《なんりゅうこう》》と謳《うた》われた徳川家康《いえやす》の十男・頼宣《よりのぶ》である。ならば、孫である自分は《虎》だと思っていたからだ。

この年、紀州藩三代目藩主の座に就《つ》いていた長兄の綱教《つなのり》が、五月十四日、卒然《そつぜん》として薨《こう》じた。四十一歳であった。続いて、隠居にして元二代藩主の光貞が、嫡《ちゃく》男《なん》の後を追うようにして、八月八日、不帰の客となった。打ち続く悲劇に、城内は騒然としていた。二兄は、幼い頃に亡くなっており、四代目藩主には、長兄の養子に入った三兄・頼職《よりもと》が就いた。

これでやっと落ち着いたか、と思う間もなく、襲封《しゅうほう》したばかりの頼職が、俄《にわか》に病を発し、明日をも知れぬ身の上となった。

《虎伏城》は、今まさに風雲急を告げていた。

頼職を死の淵に追わんとした者がいた。誰あろう、弟・頼方である。

命を縮める――。

死ぬことが、家のため、国のため、であることもある。頼方は、そう思っていた。

(兄には、紀伊は重すぎる……)

頼方が兄の頼職の器量に断を下したのは、八年前のことだ。

五代将軍綱吉《つなよし》公が、紀州藩赤坂《あかさか》中屋敷にお成りになった。その折、父・光貞、長兄・綱教に披露され、頼職と頼方はともに初の御目見《おめみえ》を果たし、越前国丹生《えちぜんのくににう》郡《ぐん》に、それぞれ三万石《ごく》の領地を賜《たまわ》った。兄は高森《たかもり》藩、弟は葛野《かずらの》藩を立てることとなる。

晴れて兄弟揃《そろ》って大名に列せられたのだが、丹生は痩《や》せた土地だった。実高五千石ほどであることは、調査に出向いた役人の報告からも容易に知れた。

（丹生は、化《ば》けない……）

何をしても、三万石が五万石に、ましてや十万石になるとは思えなかった。将軍家は、格別二人の器を見込んで大名に取り立てたのではない。親類筋の幼き者どもに年玉《としだま》を遣《つか》わす程度の気まぐれから発した御上意であろう。頼方は、大名としての地位だけをありがたくいただき、国は和歌山藩の役人を送って統治させた。

しかし、兄の頼職は、拝領の土地に執着し、人を送り、調査を繰り返させた。

――もっとよう調べてみよ。わざわざ上様が、この儂《わし》に下賜《かし》されたのだ。何かある。何かあるはずじゃ。石高を増やすための方策？　儂は知らぬ。そのようなこと、其《そ》の方《ほう》らが考えるべきことであろうが。

（使えぬ奴よ……）

喉《のど》まで出かかった言葉を、頼方は何度も呑《の》み込んだ。

この兄が紀州を継ぐことになったら、と思うと、頼方は目の前が暗くなるように思われた。国の統治を行なう者は、常に冷静に物事を見極め、広い視野をこそ養うべきではないのか。家臣任せにせず、時には自ら率先して政《まつりごと》に範を垂《た》れるべきではないか。

幼い頃より算術その他実学に著しく興味を抱《いだ》いてきた頼方にしてみれば、自ら打開策を検討することもない、いわゆる「上《かみ》つ方《かた》」の考え方など、屁《へ》の役にも立たないものにしか思えなかった。

もとより異母兄に親しみなど感じたこともない。むしろ、自らの行く手を阻《はば》む障壁とのみ覚えた。

長兄・綱教の死により、頼職は紀伊和歌山藩五十五万五千石を継いだ。頼方は藩主に万一のことがあった場合の《御控え》になった。

《御控え》は、どこまでいっても、《御控え》でしかない。正統な跡継ぎが死んだときにのみ、価値がある。今、まさに頼方はその立場にあった。当主の地位は、目の前にぶら下がっている。だがいかんせん、それは絵に描いた餅《もち》にしか過ぎない。このまま指をくわえて兄の治政を横目に見続けて生涯を送ると思うと、我慢ならなかった。

（兄に取って代わるなら、早いに越したことはない……）

藩の体制は、新しい藩主を中心に動き出したばかりだった。円滑というには、至らない。

部屋住みの身分の頼方には、よもや正確な負債の額など漏らされる筈《はず》もなかったが、藩の窮状は手に取るように判っていた。紀伊徳川家の財政は、前代未聞《ぜんだいみもん》の危機にある。一刻も早く、建て直さねばならぬ。

そもそも、大名の、特に御三家の儀礼には、金が掛かり過ぎる。婚姻、参勤、葬儀などなど、権威を見せつけんがためだけに、年々華美に走っているのだ。

儂の頭の中には、国のためにやりたいこと、やるべきことが溢《あふ》れている。《御控え》では駄目なのだ。

部屋住みの身から、儂は今、《御控え》の身に成り上がった。さらに一歩、我が運よ、我を引き上げよ。

儂なら、紀州を救う手立てを見出せるはずだ。そうだ、儂ならば。

この日のために、頼方は人を得ていた。名草《なぐさ》の多十《たじゅう》を頭《かしら》とする根来《ねごろ》の忍びである。頼方は、既に多十をもって頼職毒殺を進めさせていた。

——身体《からだ》を徐々に弱らせ、病死のごとく見せかけよ。

一刻も早く、と考えながらも、頼方は慎重であった。五月に三代目藩主の綱教が、続いて八月には二代目藩主の光貞が没している。すぐに四代目が亡くなれば、世間の耳目が集まり、探られたくもない腹を探られるのは目に見えている。

だが、事は頼方が思うより、迅速に進んでしまった。長兄綱教の養子となって跡目相続した頼職は、父の死に目に会わんとして、優れぬ体調をおして、江戸から紀州へ馳《は》せ戻った。父の葬儀を無事終えたまではよかったが、後がいけなかった。頼職はどっと寝込んでしまった。

日に日に衰弱する頼職の病態を案じ、将軍家の御典医《ごてんい》を招こうと、側近らは江戸表《おもて》へ使者を送り出した。表立ってのことではない。

使者の存在に気付いたのは、多十配下の忍び・黒羽根《くろばね》の市蔵《いちぞう》だった。藩主の住まう二の丸御殿に忍んでいたとき、御小納戸役《おこなんどやく》の坂木弥衛門《さかきやえもん》という者が、病と称してこの三日ほど登城していないことを知った。坂木は、見舞いを頑《かたく》なに断り続けているという。

市蔵の勘が働いた。市蔵は多十に事の次第を知らせると、その夜、坂木の屋敷に潜《ひそ》んだ。

屋敷には、病で寝込んでいる者の気配はなかった。市蔵は、揺さぶりを掛けた。弥衛門の在否を確かめるため、深夜、門戸を拳《こぶし》で連打し、屋敷内を一驚させたのだ。

「どうであった？」

「坂木弥衛門は、密《ひそ》かに江戸表に発《た》った模様にございます。将軍家に御典医派遣を願う書状を江戸表に届けるためでございました」

「確かなのか」

「門前を調べても誰もおらぬ、何としたことか、と若党が騒ぎまして、中の一人が主《あるじ》の弥衛門の身に何かあったのでは、と口に致しましてございます。この若党は、弥衛門は城に登っていると思い込んでいたらしいのですが、これで弥衛門が屋敷におらぬことが明白になりました。奥の床下に潜んでなおも探りを入れましたところ、妻子が大事を漏《も》らすのを耳に致しました」

多十が大きく頷《うなず》いた。

「俺が調べと符合するわ。坂木弥衛門ともう一人、松村義兵衛《まつむらぎへえ》なる者が、城下で早馬を仕立ておっての。向かったは江戸であった」

二日前の払暁《ふつぎょう》、坂木弥衛門と松村義兵衛は早馬を仕立て、東海道《とうかいどう》を駆け下っていた。

「追いかけましょうや？」

市蔵の問いに、多十は即座に答えた。

「無駄であろう。二人は大坪流馬術《おおつぼりゅうばじゅつ》の達人だ。隠密裡《おんみつり》に事を運ぶだけあって、人選に抜かりはないわ。休む術《すべ》を心得ている者たちだろうて」

並の馬術と体力では、紀州と江戸の間を馬で駆け通すことは出来ない。内臓を傷《いた》め、血を吐き、悶絶して果ててしまう。

「しかし、このままでは……」

「ご当主様（頼職）の御命を縮めんとする企《くわだ》てがある、と気付いた者が側近の中におったやも知れぬな」

「…………」

多十は、とにかく、と言った。

「頼方様にお知らせせずばなるまい」

願いの使者が江戸に行き、時を移さずに許可を得られたとしても、御典医が和歌山に着くまでには十日以上は掛かる。着到までに決着を付けたいところであった。

頼方は、多十を《風の渓《たに》》に来るように命じ、今自らも人目を避けてそこへ向かっていた。秘密を要するときは、いつも《風の渓》に呼び付けた。誰が、どのように忍んでいるか、判らない。

《風の渓》――。

藩主が執務を行なう常の御殿たる二の丸御殿から、不明《あかず》の門と言われる南門へと抜ける道筋に、《風の渓》はあった。

渓とは言っても、渓谷《けいこく》ではない。道を、そのように呼んでいるだけだ。

その道は、土地の勾配《こうばい》がどう作用しているのか、いつもなにがしかの風が吹いていた。頼方は、《風の渓》が好きだった。一人この道に佇《たたず》み、吹きすぎてゆく風に身を晒《さら》すと、紀州の地の温みが感じられるからだった。

（江戸の風とは、違う……）

江戸の風は乾いていた。

十二歳で初めて江戸に出たときの印象は、吹き抜ける風の違いだった。

「多十」

頼方は、《風の渓》のなかほどに立ち止まり、小さく呟《つぶや》いた。

「そこにおるか」

「お側に」

姿は見えない。根来の《忍び声》だった。離れていても、あたかも間近にいるかのように、言葉を送ることが出来る。

「よう気づいてくれた。礼を申すぞ」

「使者の出立に気づくことなく、江戸表へ向かわせてしまいましたこと、誠に面目次第もございません。お恥ずかしゅう存じます」

「首謀者は誰だ？」

「御用役の村尾外記《むらおげき》にございます」

「彼奴《きやつ》か……」

頼職に仕《つか》える藩中随一《ずいいち》と言われた切れ者だった。

「間違いないか」

「藩医・川上道庵《かわかみどうあん》殿にはお脈も取らせぬなど、その振る舞いから見て、まず間違いはなかろうかと」

「身辺に人を配してはおらなかったのか」

「申し訳ございませぬ。付けておったのですが、見抜けませせなんだ」

「よくも其の方らの目から逃れたものよの」

「……」

恐らくは、互いが一切使命のことは口にせず、地に文字を書いての段取りであったのだろう。しかも、その姿を多十らに見られても不審に思われぬ状況下でなされたに違いない。今にして思えば、

（あのときか……）

と、忍びの頭として逐一知らせを受けている多十には心当たりはあったが、今さら口にしても詮無《せんな》いことだった。

多十ら忍びは唇の動きを読み、離れたところでの会話を聞く。しかし、広大な青天井の下で、口を動かさずに話をされては盗み聞くことは出来ない。自分らの存在を村尾外記に知られているとは思わなかったが、下命《かめい》の方法にせよ、早馬にせよ、外記は知っているかのように用心を重ねていた。

その一事をとっても、村尾外記はただ者ではなかった。

「かくなる上は……？」

「そうだ。もはや猶予《ゆうよ》はならぬ。御命貰《もら》い受けねばなるまい」

「承知。では、早速にも」

「任せたぞ」

「差し出がましいとは存じますが」

「何だ？」

「江戸の御典医殿が着到なされば、必ずや二の丸様（頼職）ご薨去《こうきょ》の様子、江戸に逐一知らされることになりましょう」

「……であろうな」

「将軍家が如何《いか》なる感慨《かんがい》を持たれるか、探りましょうや？」

「誰を送る？」

「気配を断つ術は、弁佐《べんざ》を措《お》いて他にはおりませぬ」

「任せた」

「では……」

頼方は、どこからか自分に注がれている目に向かって頷いて見せた。

しかし、表情は固かった。

「ぬかったわ」

頼方は、吐き捨てるように言い放つと、ゆっくりと踵《きびす》を返した。

頼方が、根来の里で多十らと初めて会ったのは、十二年前のことになる。

当時、頼方は十歳で、新之助《しんのすけ》と名乗っていた。

手筈《てはず》を整えたのは、子飼いの臣下である有馬四郎右衛門氏倫《ありましろうえもんうじのり》だった。山野を自在に駆け巡る根来衆と繋《つな》ぎを取るには、山で待つしかなかった。主従は、山野を枕とし、十日を過ごした。

愛馬〝月鹿毛《つきかげ》〟を走らせていた頼方の耳に、

――ようおいでなされました。新之助君《ぎみ》でございますな？

いきなり、声が響いた。声は、耳許《みみもと》から湧《わ》くように聞こえてきた。頼方は振り返った。頼方に遅れまいと、四郎右衛門が馬を走らせている以外、目に映る者はない。

――……！

空耳《そらみみ》か、と鞭《むち》を持つ手に力を込めようとした刹那《せつな》、声が再び届いた。

――根来の長にございます。

明確な響きだった。空耳ではなかった。頼方は手綱《たづな》を思い切り引いた。馬の扱いには慣れている。棹《さお》立ちになった〝月鹿毛〟から、身を翻《ひるがえ》して地に降りた。

〝月鹿毛〟が高くいななき、鼻を鳴らした。

――どうなされました？

背後を疾駆《しっく》していた四郎右衛門が、馬から飛び降りて、駆け寄って来た。

――声だ。

と頼方は、辺《あた》りを見回して叫んだ。

――何者かが、耳許で話しかけおったのだ。

――新之助君、こちらでござる。まず、いらせられませ……。

《忍び声》に導かれ、着いたのは、廃屋《はいおく》のような小屋だった。枯木のように脂気《あぶらけ》の抜けた老人が一人、小枝を囲炉裏《いろり》にくべながら、頼方を待っていた。根来の長だった。

――先ほどの声の主は、其の方か？

長は目だけで頷き、凝《じ》っと頼方を見詰め、

――成程《なるほど》。

と言った。

――いい相をしてござる。十歳におなりと聞き及んでおりますが、実《まこと》で？

そうだ、と頼方は答えた。

――立ち居振る舞いといい、物言いといい、とても十歳には見えませぬ。頼もしい御方でござりまするな。

このとき既に、頼方の上背《うわぜい》は五尺（約百五十センチ）に届こうとしていた。成人と同じ背丈だ。

馬上で盛んに叱咤《しった》し、荒ぶる馬を巧《たく》みに操《あやつ》る頼方を見て、実父である二代藩主の光貞は、これこそ藩主の器だと、頼方が四男に生まれたことを嘆《なげ》いたのは、つい半年前のことだった。

しかし、頼方が幼くして成人のような物言いをするようになったのには、因《もと》があった。生母の出自と自身の出世に関する陰口に対抗するために、幼くして身につけてしまった業《わざ》だった。

生母の於由利《おゆり》は、西国《さいごく》巡礼が紀伊の地に産み落としていった娘であった。成長し、伝手《つて》を頼って城に上がり、湯殿《ゆどの》の婢《はしため》として仕えていたとき藩主の御手がつき、懐妊したのが頼方だった。ために、頼方は陰では〝御湯殿の子〟と言われて成長したのである。

――御用の趣《おもむき》、有馬様よりの御文《おふみ》にて伺《うかが》っております。

と、長は言った。

――ではございまするが、若君様御自身の御言葉を賜わりたく存じます。

そのとき頼方が述べたことを、多十らは胸に刻んで覚えている。

(この方ならば、自分らを存分に使う器量がある)

頼方の中に、自分らの生きる道を見出したのだった。

今は部屋住みの身だが、このままで終わりはしない。終わるつもりもない。必ずや、世に頼方ありと立ってみせる。これからの世は、と頼方は言った。

——早耳が命だ。いかに早く、必要な事柄を知り得るかで、勝負は決する。手足となって動ける者が欲しい。

——紀伊の御家には、人はござらんのかの？

——おるにはおるが、儂にはおらんのだ。

長が黒い口を開けた。笑ったのだろう。笑い声は立たない。

——四男ゆえ、家臣が回ってこんのだ。子飼いの者は、ここにいる四郎の他、数えるほどの者しかおらん。何せ、養子の口を待っている身だと思われておるからな。

長の目が、真《ま》っ直《す》ぐに向いてきた。

——その御方のために、動けと仰せになりますのか、我らに。

——だからだ。だから、ぬしらが必要なのだ。

長の目が光った。長は懐《ふところ》に手を入れると、小鳥を取り出した。翠《みどり》の羽をした小鳥が掌《てのひら》の中で抗《あらが》っている。

——殺せますかの？

頼方は手を伸ばして小鳥を摑《つか》むと、小鳥の頭を口中に入れ、無造作《むぞうさ》に咬《か》んだ。コリッという小気味のいい音が立ち、小鳥の脚から抗いが消えた。

長の口から低い声が発せられた。

——多十。

——ここに。

長の背後から声がした。

死角だった。頼方の座らされた位置からは、そこだけが見えなかった。囲炉裏を挟《はさ》んで対座したときは、確かに気配はなかった。そこに人が忍んでいようとは思わなかった。

（これが忍びか……）

——名草の多十でございます。

長の後ろに控えた多十が顔を上げた。

小さな顔が黒く日に焼けていた。皺《しわ》なのだろうか、深い亀裂《きれつ》が左右の頰《ほお》に奔《はし》っている。

（幾《いく》つなのだろう……）

頼方の目には、ひどく老けて見えた。後頭部で束《たば》ねられた髪からは脂気が抜けており、それが多十を余計に年寄り臭く見せていた。

しかし、このとき多十は、二十六歳だった四郎右衛門のわずか二歳年長に過ぎなかった。

——儂は、もっと若い忍びを、と思っておった。長殿、多十は三十年、保《も》つかのお？

——根来に齢《よわい》はござりませぬ。

長は黒い口を閉じると、新之助様、と言った。

——某《それがし》を突き飛ばして御覧なされ。

——長殿を？

青年期には、鉄砲で猪《いのしし》を殴《なぐ》り殺したり、相撲《すもう》取りを投げ飛ばした頼方だ。十歳とはいえ、膂力《りょりょく》は大人並にあった。

——では。

頼方は囲炉裏の縁を回り、長の薄い肩を裂帛《れっぱく》の気合を込めて思い切り突いた。

が——。

動かなかった。

切り出した巌《いわお》のような感触が、頼方の掌《てのひら》に残った。

長の目がくるりと動いて頼方を見た。

——そなたらに会えて嬉《うれ》しく思うぞ。

——御無礼、御容赦賜ります。

このときから、多十を頭に、弁佐、草刈《くさかり》、堂鬼《どうき》、甚兵衛《じんべえ》、小弥太《こやた》、市蔵の七名の忍びが、頼方の身辺に配されたのだった。

江戸城《御休息之間》

五代将軍綱吉は老いていた。

将軍職に就いて二十五年、齢は六十を数えていた。

四代将軍家綱が嫡子のいないまま病に倒れ、俄に徳川総家の後継ぎ問題が持ち上がったのは、綱吉が三十五歳のときだった。

三代将軍家光《いえみつ》は、四人の男子を儲《もう》けた。

長男・家綱（四代将軍）、次男・綱重《つなしげ》（甲府宰相《こうふさいしょう》）、三男・亀松《かめまつ》（早世）、そして四男・綱吉（館林《たてばやし》宰相）の四人である。

順当にゆけば、次期将軍職は家綱に一番近い綱重だった。しかし、綱重は延宝《えんぽう》六年（一六七八）、既に没していた。跡は嫡男の綱豊《つなとよ》が継いでいる。綱豊は家綱の甥《おい》に当たり、綱吉は弟に当たる。紆余曲折《うよきよくせつ》はあったが、将軍の座は、血の濃さで綱吉に巡ってきた。

だが、その綱吉にも、同様の問題が起こった。実子・徳松《とくまつ》を幼くして亡くし、その後も男子に恵まれることのなかった綱吉は、ついに実子による相続を断念した。ここに継嗣《けいし》問題が端を発した。

綱吉は、娘・鶴姫《つるひめ》の婿《むこ》である紀伊徳川家の三代藩主綱教を継嗣に迎えようと画策した。さすれば、綱教の後を継ぐ次の将軍は、我が娘鶴姫の血を引く者となるではないか。自分の血筋を残さんとする〝あがき〟であった。

そうした綱吉の動きを、口を極めて非難した男がいた。水戸《みと》徳川家の二代藩主光圀《みつくに》である。

光圀自身は、兄・頼重《よりしげ》を差しおいて水戸本家を相続したことを心苦しく思い、実子ではなく兄の子・綱條《つなえだ》を継嗣に迎えていた。光圀は、綱吉にも同様の選択を求めたのである。

――それが儒家として取るべき道ではないか。

幕府の学問所として湯島聖堂《ゆしませいどう》を建て、自ら儒教の講義をする儒学者でもあった綱吉を、光圀は執拗《しつよう》に責め立てた。

——儒家のくせに、長幼《ちようよう》の序《じよ》も知らぬとは、呆《あき》れたものよ。

偽《にせ》儒学者だ、と光圀は、決めつけた。

(判ってはいたのだ……)

光圀の言うことが筋であることは、綱吉にも判っていた。

しかし、子の親として、綱吉は情に負けた。

それだけではない。

母の違う兄に対して抱《いだ》き続けてきた対抗意識からも、嫌いな兄の子・綱豊に将軍職を譲《ゆず》るのは耐えられなかったのだ。

それはまた、綱吉の生母・桂昌院《けいしょういん》と鶴姫の生母である側室《そくしつ》・お伝《でん》の方《かた》の意向でもあった。

桂昌院は大奥《おおおく》における母親同士の確執から、綱重とその血を引く綱豊を嫌い、お伝の方は我が娘を御台所《みだいどころ》にしたいと切に願っていた。

だが、それらの思惑《おもわく》も、宝永元年(一七〇四)四月の鶴姫の病死により、全て水泡に帰してしまった。

以降、将軍職に就くことを諦めた綱教は、綱吉との関係に距離をおくようになる。

——何ゆえだ⁉

綱教の実弟・頼方は、弱気になった兄に対する不満を叫び続けたが、鶴姫という切り札を失った綱教には、闘《たたか》い続ける気力も気迫もなくなっていた。

頼方が綱教を煽《あお》り立てたのには、したたかな計算があった。兄が将軍職に就けば、万一の時は頼職の存在如何《いかん》で、自分にも藩政に関わりを保てる地位が回ってくるかも知れないと考えたからだった。夢の話ではない。現に綱吉は頼方と同じ立場にいたのだ。

綱吉は、綱教が自分から離れたことにより、もはや打つ手はないと見極め、宝永元年十二月、甲府宰相・松平綱豊を養継嗣として西の丸に迎えた。

病床に臥していた頼職が、呼吸麻痺《まひ》を起こし窒息して果てたのは、翌年九月。二十六歳の若さだった。

「間に合わなんだか……」

綱吉は、脇息《きょうそく》を引き寄せながら言った。

御典医の着到を待たずに、頼職は他界した。

綱吉の目の前には、頼職の最期《さいご》をしたためた紀伊和歌山藩の附家老《つけがろう》・安藤帯刀《あんどうたてわき》からの上書《じょうしょ》が広げられていた。

附家老とは、御三家の当主補佐役として、家康が定めたものである。

後に和歌山藩の藩祖となる頼宣が、水戸二十万石を与えられたのは、わずか二歳のときだった。二歳の幼児に何かが出来るわけではない。幼い藩主に代わって領地を治めるだけの実力者が必要だった。それが附家老だった。直参《じきさん》で老中《ろうじゅう》待遇という地位が授けられていた。

「やはり、あやつの仕業《しわざ》かの？」

江戸城中奥にある《御休息之間《ごきゅうそくのま》》にいるのは、綱吉と松平美濃守吉保《みののかみよしやす》だった。《御休息之間》は将軍の私室で、御側用人と御小姓しか入ることは許されていない。

「恐らくは……」

もっともらしく苦渋を含んだ声で、松平吉保が答えた。

延宝三年（一六七五）十八歳で家督を相続し、館林宰相として神田御殿にあった綱吉の側近くに仕えて以来、三十年の歳月が経っていた。綱吉が何を言いたいのか、吉保は即座に解することが出来た。それがために、異例の出世を遂《と》げたのだとも言える。

元禄《げんろく》十一年（一六九八）には大老格《たいろう》に、元禄十四年には松平の姓を賜り、柳沢保明《やなぎさわやすあき》の名を松平美濃守吉保と改め、徳川の家門となり、そして宝永元年（一七〇四）には、西の丸に入った綱豊の跡を受け、甲府十五万石余の領主にまでなっていた。

時に松平吉保、四十八歳。昇り詰めた男は、綱吉の一回り下の戌年《いぬどし》に当たる。

「主税頭《ちからのかみ》様（頼方）と申さば、上様には未《いま》だご記憶のことと存じますが」

「何をだ？」

「八年ほど前になりますが、初めて紀伊家の赤坂藩邸にお成りなされた折のことでございます」

「あのときか……」

元禄十年四月十一日、綱吉は紀伊家の赤坂藩邸を訪れた。将軍が大名家を訪ねるとなると迎えるほうは大変なことで、御成《おなり》御殿を新築したりと、とてつもない経費がかかる。紀伊家の場合は、このとき八万六千両という金額を費やしての接待となった。

その折——。

当初、赤坂藩邸で綱吉を出迎えたのは、父・光貞以下、綱吉の娘婿に当たる参《さん》議《ぎ》綱教と、綱教の《御控え》に当たる三男・内蔵頭《くらのかみ》頼職で、四男の主税頭頼方は隣室に控えさせられていた。末っ子であることと、母の出自の卑《いや》しさゆえであった。

綱吉の供をしてきた老中の大久保加賀守忠朝《おおくぼかがのかみただとも》が頼方に気づき、気まぐれから、もうお一方《ひとかた》控えておられます、と綱吉に進言しなければ、頼方の御目見《おめみえ》は叶《かな》わないところだった。

この御目見により、頼方は《御控え》の頼職と同じく丹生郡に三万石の領地を賜ることが出来たのである。

頼方の紀伊和歌山藩主への第一歩は、まさにこのとき、刻まれた。

「あの折の目の輝きは、忘れられん……」

「御意にございます」

吉保は、暫《しばら》く押し黙ってから、しかし、と言った。

「後に中納言となられた綱教様並びに鶴姫様御存命中でありましたゆえ、言上《ごんじょう》を差し控えておりましたが、危険な輝きのように見受けられました」

「気づいておったわ。だがの……」

綱吉は、苦い笑いを口許に浮かべた。

「余も、頼方と同じ立場だったことがあるのだ」

綱吉の競争相手は兄の綱重だった。綱重にだけは負けまいと、無理な背伸びをし続けた覚えがあった。

（それだけではない……）

綱吉は、生母・桂昌院が行なった綱豊への呪詛《じゅそ》を見て見ぬ振りをしていたのだった。

綱豊の寝所の床下に人型《ひとがた》の紙片を埋め、呪いの護摩《ごま》を焚《た》き続け、綱豊を半年に及ぶ気鬱《きうつ》の病に罹《かか》らせたことがあった。

（だが、余は兄や兄の子を亡き者にしようとまでは思わなんだ……）

いや、と綱吉は、心の中で首を横に振った。

（胆力が足りなかったというだけかも知れぬな……）

「それで合点が参りました」

「……………」

思いを破られた綱吉は、吉保が何を言い出すのか、待った。

「上様は、主税頭様に殊更鷹揚《ことさらおうよう》に接してこられたやに存じまする」

「そうか の……?」

頼方の羽目を外した乱暴振りを、綱吉に注進する者がいた。

人に抜きん出て膂力《りょりょく》が強いがゆえの乱暴と、後年《天一坊事件《てんいちぼう》》が起こる下地となる女性問題である。

――よい、よい。若さゆえの過《あやま》ちは誰にでもあるものだ。

何を耳にしようと綱吉は、頼方の噂話を笑って咎《とが》め立てなかった。

「きついお叱《しか》りがあってしかるべきだと、申し上げたことがございました」

「そうであったの」

「亡き中納言様の御舎弟であるからと、推測しておりました」

「……確かに、それもあった」

おやっ、と吉保は、思わぬ手応《てごた》えに言葉をなくした。綱吉にしては珍しく、抵抗なく本心を漏らしているようだった。

(御年を召された……)

上様の先は見えた、と吉保は今さらにして思うが、悟られる男ではない。俄に饒舌《じょうぜつ》になろうとする自分を抑えながら、口を開いた。

「これからの和歌山は、如何相《いかがあい》なって参りましょう？」

吉保は、綱吉の様子を窺《うかが》いながら、思いの丈《たけ》を口にした。

「紀伊の家は、頼職様の御治世のほうが静かでございましたでしょう。畏《おそ》れ多いことではございますが、月旦評《げったんひょう》をお許しいただきますれば、中納言様には悠然とした大河の趣《おもむき》がございました。頼職様にも、和歌山の城には《風の渓》と称する道があるやと聞き及んでおりまするが、さわやかな趣がございました。しかるに、主税頭様にあるのは得体《えたい》の知れぬ……」

「やめい」

綱吉の凜《りん》とした声が、《御休息之間》に響いた。

「言葉が過ぎるぞ」

吉保は即座に非礼を詫《わ》び、膝《ひざ》前に突いた手の間に顔を埋めた。

「そちの申すこと、もっともなのだが、聞いておっても不快なだけじゃ」

「平にご容赦を」

吉保は、頼方の件に終止符を打とうとした。

「では、主税頭様には何も……？」

「召し出すか」

「と、仰せになりますと？」

紀伊家からは、頼方を頼職の養子として本家相続をしたいという願いの趣は、まだ出ていない。が、日を置かずに提出されることは間違いない。その前に江戸に召し出し、詰問すると言うのだろうか。しかし、そうなると、紀伊家挙げての反発を招くことになるのは必定《ひつじょう》だ。たとえ頼方に反目する一派がいようと、紀伊の家のためには一つになろう。

（太平の世を乱すことにもなりかねない……）

吉保の背に冷たいものが奔った。

「御三家の当主となるのだ。余の名を一字、与えずばなるまい」

「はっ？」

思わぬ言葉に吉保は、片膝を進めた。

「吉の一字をやろう。頼方が挑んだ勝負、吉と出るか、凶と出るか。楽しみではないか」

「万一にも、目に余るような振る舞いがございましたときは？」

「隠居させればよい」

綱吉は事もなげに言った。

「紀州だけでなく、代わりの者はいる。必ずいるものだ」

吉保は、綱吉の言葉に敏感に反応しようとする自身を用心深く隠して、頷いた。

「それにのう、美濃」

「はっ」

「ここで頼方奴《め》に恩を売っておくのは、其の方のためぞ」

「……それは？」

吉保は気づかぬ振りをした。保身に聡《さと》い自分を知られたくはなかった。

「其の方は既に徳川の家門ゆえ、まさかの事はなかろうが、何かの折には紀州が味方してくれよう。御三家の力が侮《あなど》れないのは、美濃も承知しておろう」

「上様！」

吉保は、平伏して見せた。この三十年間に何度平伏して見せたことかと、心の隅《すみ》で数え立てる自分がいた。しかし、平伏することで、確実に身辺を固めてこられたのだ。

（これが、太平の世で立身栄達する法だ）

吉保は、さらに深く頭《こうべ》を垂れた。

「とにかく」

と綱吉は、庭にある茶室《双雀亭《そうじゃくてい》》に目を遣《や》りながら言った。

「頼方を江戸に呼べ。どれほどの者になったか、見て遣《つか》わそう」


根来の忍び・すが洩《も》りの弁佐は《御休息之間》の天井裏にいた。雨が屋根から染み込む謂《いい》に倣《なら》い、すが洩りと呼ばれている。

弁佐は《病葉《わくらば》の術》を使い、梁《はり》に潜んで、綱吉と吉保の話を聞いていた。

葉が朽《く》ちて土になる。《病葉の術》は、そこから名付けられた術だった。

潜む数日前から水気や食物の摂取を控え、潜んでからは日に数粒の兵糧丸《ひょうろうがん》を摂《と》るだけで、ただひたすら忍ぶのである。

ときには、その兵糧すら摂らずに、呼吸を落とし、心拍数を減らし、体温を下げ、己《おの》が身を寄り添う物体に同化させ、生き物としての気配を消すこともあるという。

それゆえに、朽ちるに任せる病葉にたとえられるのだが、このときの弁佐は、そこまでの術は使っていない。

暗闇の中で目を開いた弁佐は、多十の言葉を思い出していた。御典医からの書状よりも早く、附家老の上書が届く可能性を示唆《しさ》した言葉だった。

（さすが頭だ。よう気が回るわ）

そして——。

この日から四年後の宝永六年（一七〇九）、綱吉は六十四歳で没した。

その五年後の正徳《しょうとく》四年（一七一四）、吉保もまた、五十七歳で生涯を閉じた。

綱吉に一字を貰い、名を吉宗と改めた頼方が将軍職に就くのは、吉保が逝《い》った二年後の享保《きょうほう》元年（一七一六）のことである。

吉宗は、弁佐の報告を忘れなかった。

「吉保輩奴《ばらめ》、〝得体の知れぬ〟とは、ようも言うてくれたものよ」

吉宗は、享保九年（一七二四）、吉保隠居を受けて家督を継いでいた嫡男に、大和郡山《やまとこおりやま》への転封《てんぽう》を命じ、甲府を廃藩にした。

紀伊和歌山藩・赤坂藩邸

元禄時代が終わり、宝永の世となって二年、諸藩の財政は、元禄時代に身につけてしまった冗費の多い華美な暮らしや、参勤交代にかかる莫大な費用のため破《は》綻《たん》に瀕《ひん》していた。

紀伊和歌山藩とても、同様だった。

「まさか、ここまでとは……」

吉宗は絶句して、勘定《かんじょう》奉行・大島守正《おおしまもりまさ》の顔を見た。

江戸赤坂の紀伊藩邸の奥にある《御座之間《ぎょざ》》に、吉宗と守正はいた。守正が藩財政のあらましを話し始めて、一刻《いっとき》（約二時間）近くが経っていた。

十二月も中旬に差しかかり、薄日も射《さ》さぬ寒い日だった。二人の手許には手炙《てあぶ》りすらない。吐く息が白い。

「既に万策尽き果てて……」

待て、と吉宗が、守正を制した。

「軽々《けいけい》に、その言葉を使うではない」

「申し訳、ございませぬ」

と答えはしたが、では、と守正は口の中で呟く。

（どうせよと仰《おっ》しゃるのか）

吉宗は、勘定方の書き上げた書類に、再び目を遣っている。ただ見ているだけではなく、行きつ戻りつしながら綴《つづ》りを繰《く》っているところを見ると、何やら計算しているように見える。

(光貞様、綱教様、頼職様の代には、なかったことだ)

新鮮なものを見るような思いに駆られたが、それで財政が好転するものではない。

余りに支出が多過ぎるのだ、と守正は、伸ばした背筋を崩さず、端座《たんざ》したまま、腹で数え上げる。

寛文《かんぶん》十年(一六七〇)には、二代藩主光貞様の御弟君・頼純《よりずみ》様を、伊予西《いよさい》条《じょう》藩に分封《ぶんぽう》なされた。

貞享《じょうきょう》二年(一六八五)には、光貞様御嫡男・綱教様の御婚儀がござった。

元禄十年(一六九七)には、上様(綱吉)が赤坂の藩邸にお成りになられた。

元禄十一年には、綱教様が紀伊家の家督を相続なされた。

元禄十四年には、上様が赤坂の藩邸に二度目のお成りをなされた。

宝永元年(一七〇四)には、綱教様御台所・鶴姫様が御逝去なされた。

宝永二年には、五月に綱教様、八月に光貞様、九月に頼職様と相次いで御逝去なされ、この十月には御当代様(吉宗)が五代藩主を襲封《しゅうほう》なされた。

この間に、麴町《こうじまち》の上屋敷は四度にわたり失火、焼失している。

(だが、これで大きな支出が終わったわけではない……)

守正は、思わず唸り声を上げそうになり、うろたえた。

来年の十一月には、吉宗の婚儀が控えていた。相手は、伏見宮貞致親王《ふしみのみやさだゆき》の娘・真宮理子《さなのみやまさこ》。御三家の当主として、それ相応の式は挙げなくてはならない。

(どうやって、その費用を賄《まかな》えと言うのか)

寛文八年(一六六八)に幕府から十万両の金を借り受けているが、未だ返済の目処《めど》は立たないでいる。

「不可能な数字ではない」

吉宗が、書類の山から晴れ晴れとした顔を上げて言った。

「建て直しは可能だ」

「はっ?」

困惑する守正に笑って応えてから、吉宗は隣室に控えている御用役・加納角兵衛《かのうかくべえ》を呼んだ。

「主膳《しゅぜん》をここへ。四郎にも申し伝え、其の方とともに加われ」

主膳とは、紀伊家の家老・小笠原主膳胤次《おがさわらしゅぜんたねつぐ》のことで、後年吉宗が八代将軍になったとき、有馬四郎右衛門、加納角兵衛とともに御用取次として、わずか一年の短い期間だが、幕政の中枢に身を置くことになる。

角兵衛の裾音が廊下を遠のいていくと、吉宗がいたずらっぽい目を守正に向け、瞼《まぶた》を閉じよ、と言った。

守正が言われるままに瞼を閉じると、

「儂が羽織の紋所を申してみよ」

（紋……？）

羽織は見ていた。目に、確かに映っていた。しかし、紋所が何であったのか、意識してはいなかった。

「三ツ葉葵《あおい》かと……」

御三家の当主と、その嫡男のみに許される徳川家の家紋、三ツ葉葵。紀伊徳川家の当主なら、当然そうあってしかるべきだった。

「目を開けて、よいぞ」

吉宗は井筒の紋をつけていた。部屋住み時代、常に用いていた紋である。

守正は、愕然《がくぜん》とした。武家にとって家紋は名誉の印である。特に、他に並ぶもののない徳川葵である。御三家の当主が、その栄に浴さぬとは。

「気づきませなんだこと、実《まこと》……」

言葉を探そうとする守正に、

「無理もない。主膳も暫《しば》し気づかなんだわ。いや、それからは、責め立てられたがの。格式がどうとやらでな……」

と吉宗は、笑って胸の紋所を手で叩いてから言葉を継いだ。

「儂は幸運にも紀伊の家督を相続したが、部屋住みの頃を忘れまいとて井筒の紋のままでいた。儀礼以外はこれで済ますつもりでおる。たかが紋のためにいちいち新調していたら、きりがないし、簡略（倹約）にならぬ。これを印《しるし》に、藩を挙げ徹底して簡略を致さば、守正、どうかの、財政は？」

「家臣一同守りますれば」

「そこだ。一にかかって、そこだ」

廊下の足音が近づいて来た。裾を払う音が続いて立った。

「参りまして、ございます」

加納角兵衛が開けた障子から、家老の小笠原主膳が摺《す》り足で入り、御用役の二人が続いた。

「硬くなるな。《焼火之間《たきびのま》》の形で参ろう。上下に隔《へだ》てがあっては、話が遠くてかなわぬ」

《焼火之間》は和歌山城の二の丸御殿の中奥にある一室で、ときには藩主と家臣が車座になって話し合いをする部屋であった。

吉宗は立ち上がると下座に歩を運び、胡坐《あぐら》を掻《か》くや、座れ、と手でその場に円を描いた。守正は瞠目《どうもく》した。家臣と膝を交えて、藩政を語ろうとする藩主など前代未聞である。

「では」

主膳に促《うなが》されて、それぞれが膝を進め、位置に着いた。

「儂は驚いておった」

吉宗は、皆の顔を見回した。

「紀伊の金蔵《かねぐら》には何もないことを、たった今知らされておったのだ」

吉宗は、守正が読み上げた数字を口にした。

「幕府よりの借入金が十万両。上様藩邸お成りに際してかかった費用が、一回目八万六千両、二回目二万八千両。麴町の藩邸が四度焼失し、それに要した費用が……」

守正は舌を巻いていた。吉宗の言う数字に一つの間違いもなかった。

（何と勘定に強い御方だ！）

目頭《めがしら》が熱くなった。守正は、自分を理解してくれる藩主に、初めて出会った思いがした。

「簡略以外にはない、と思う。それも徹底した簡略だ」

そこでだ、と吉宗は、膝を乗り出した。

「家中の者に徹底させるには如何《いか》なる方法が有効か、皆に考えて貰いたいのだ」

「うっ」

と息を呑み、思案に耽《ふけ》ろうとした主膳の横にいた有馬四郎右衛門が、畏れながら、と半身を前方に傾けた。

「申すがよい」

「取り締まりを専《もっぱ》らにする目付を配せば、と存じます」

「目付の存在を、家中の者が納得するのか？」

「人は罰せられなければ、守りませぬ」

「確かに、そうだが。主膳は、どう考える？」

「妙案かと存じます。家臣のお目付役でございますな。町を廻る《横目》を巡察させて、下知に反する者、つまり贅沢《ぜいたく》をよしとする者を罰する。確かに反発する向きもありましょうが、効果も大きいと存じます」

た。

「うむっ」

吉宗は頷くと、加納角兵衛に視線を移した。角兵衛は軽く会釈《えしゃく》をし、口を開いた。

「罰は重くする必要はないと心得ます。罰せられたという悔いが残れば、それで効果は上がりましょう。そうであろう？」

角兵衛が、四郎右衛門に同意を求めた。

「恨みを残されては、簡略の本意に外れるというものだからの」

「いかさま」

四郎右衛門と角兵衛の呼吸が合っていた。

（この開かれた明るさは、何なのだろう……）

と守正は、一座を見回した。

元禄二年（一六八九）に目付となり、九年に勘定奉行の役職に就いて以来、二代、三代、四代の藩主に仕えてきた守正だったが、このように車座になって物事を決定したことはなかった。それでいて、藩主が頼りにならないのではない。家臣を自在に操っているのだ。

（器が大きい……）

守正は改めて吉宗を見詰めた。浅黒い顔が生き生きと輝いている。

「では、頭《かしら》を決めよう」

吉宗が断を下そうとしている。早い。何という早さなのか。守正は、息を呑んだ。

「江戸表は主膳、其の方が《横目》を束ねよ」

国表だが、と吉宗は言って、守正のほうに向き直った。

「其の方に任す。恨みを買うかも知れぬ嫌な役だが、堪《こら》えてくれ」

「勿体《もったい》なきお言葉、痛み入ります」

「ときに守正……」

吉宗が、何げなく尋ねた。

「そちの禄高は、どれくらいであったかの？」

何ゆえにと思ったが、守正は問い返す非礼を避け、答えた。

「三百五十石を賜っております」

「少ないな」

吉宗は、もう一度、少ないな、と言うと、

「三百五十石では動けまい、倍の七百石としよう。即刻、年頭に遡《さかのぼ》って遣《つか》わすゆえ、主膳も心得ておくように」

「あ、ありがたく、何と申し上げて……」

膝をにじるようにして身を引き、深々と頭を下げた守正に、

「そのかわり、倍の汗をかけ。頼むぞ」

「早速にも国表に戻りまして、殿の御意向を伝えまする」

大島守正は、贅沢を取り締まる《町廻横目》の他、家臣が武芸に励んでいるかを観察して廻る《芸目付》をも束ね、吉宗の政策を推進することになる。

その褒賞として、正徳五年（一七一五）には、一千石の禄高を得るのである。

しかし、守正の手柄は、大畑才蔵《おおはたさいぞう》や紀州流土木工法の祖と言われた井沢弥惣兵衛《いざわやそべえ》為永《ためなが》を使い、灌漑《かんがい》用水路の開削に尽力したことにある。簡略と米の増収で、紀伊和歌山藩は財政を建て直すのである。

守正をそこまで動かしたのは、吉宗の人遣いの上手《うま》さだった。

心を摑む術を心得ているのである。

「では儂も、簡略のこと、始めるかの」

在府している家臣を赤坂藩邸に集めた吉宗は、木綿《もめん》の羽織に井筒の紋、小倉織《こくら》の袴《はかま》という出立《いでた》ちで彼らの前に現れた。そのあまりに質素な姿に、家臣らは藩の

窮状を悟り、声をなくした。吉宗が簡略を切り出したのは、そのときだった——。

紀伊家の台所方は困惑していた。

「何を御作り致せば、よろしいのでしょうか」

膳を任された者が一様に口にする言葉だった。

吉宗はまず、元禄の頃から三食になっていた食事の回数を、口の奢《おご》りだと称して以前の二食に戻した。その二食の献立にも、多くを望まない。

朝は焼いた飯に唐辛子《とうがらし》味噌《みそ》、昼は一汁一菜と酒。それ以後は、昼に食べ残した飯を適当に摘まむだけだった。

簡略は食事だけではなかった。

家臣の家屋敷の増改築にまで、簡略の目は及んだ。

そして、《町廻横目》や《芸目付》のさらなる活動である。

初めは半信半疑だった家中の者も、

「殿は本気でござるぞ」

と下知を守るようになると、無駄な支出が目に見えて減り始めた。

「頃合いかの？」

吉宗は家老の小笠原主膳と、急遽《きゅうきょ》江戸に呼び出した勘定奉行・大島守正に諮《はか》った。家臣一同に二十分の一の差上金を命ずる案の諾否《だくひ》である。守正を例にとれば、七百石の禄から三十五石を藩に差し出すということだった。

「簡略にも慣れ、贈答の品の廃止などで、家中の者の暮らしも落ち着きましてございます。二十分の一なれば、無理な数字ではなかろうかと存じます」

「主膳の存念は、相判《あい》った。守正は、どうだ？」

「藩士に及ぼす影響を懸念致しましたが、まずは心配なかろうかと存じます」

「よし、では速《すみ》やかに家中の者に通達することとして、この件はよいな？」

吉宗は、この差上金を家臣に課すだけではなく、町人には御用金を、農民には新たな税を課すことで、藩の財政を潤《うるお》そうとしたのだった。

「町屋の者たちなどのためには、面白いことを考えた」

吉宗が、訴訟箱だ、と言った。

「それは？」

「民意を聞こうと思うてな。藩政に反映出来るものがあれば、取り上げるつもりだ」

「名案にございます」

守正が膝を叩いた。

「御用金に税と鬱憤《うっぷん》が高まるときに、その捌《は》け口を設けるわけでございますな？」

「読めるか」

吉宗は弾《はじ》けたように笑うと手文庫を引き寄せ、

「どうも儂のやることは、判りやすくていかんな」

言い終えたときには、吉宗の横顔から笑いが消え、憑《つ》かれたような気迫が溢《あふ》れ出していた。吉宗の切替えの早さに密《ひそ》かにたじろぎながら、守正は、手文庫から取り出された紀伊の国の絵図が広げられるのを待った。

江戸に出向いた役目の一つは、和歌山で行なっている巨大用水路の工事の進捗具合を報告することだった。

「どうだ、小田井堰《おだいせき》は？」

堰が完成すれば、千七十町歩の水田に水がわたる。

守正は、指を伸ばし、説明に入った。

その頃——。

亡き頼職の御用役であった村尾外記が、吉宗暗殺の計画を立てていることに、まだ吉宗らは気づいていなかった。

多十の許に、配下の忍び・室《むろ》の草刈から、村尾外記が根来涌井谷衆《わくいだにしゅう》に繋ぎを付けたという知らせが入るのは数日後のことになる。

根来の分脈・涌井谷衆に命を狙われて生き延びた者はいない。

村尾外記は、その涌井谷衆に吉宗暗殺の企てに加わるよう要請していた。

根来涌井谷衆

有馬四郎右衛門は、赤坂藩邸の中庭にいた。葉を落とした喬木《きょうぼく》の間を、ただゆったりと散策しているように見えるが――。

そうではなかった。

御用役として執務していたとき、御庭へ、と名草の多十からの《忍び声》が届いたゆえの散策行だった。

「有馬様、火急のことにて、御容赦のほどを」

耳許に湧いた声に、四郎右衛門は顎《あご》を喉許に引き寄せることで応えた。

「大事が、出来《しゅったい》致しております」

多十は、村尾外記一派の不審な動きを察知した経緯《いきさつ》から話し始めた。

「有馬様と同様、我らが山野に寝起きした者がありまして、ございます」

その者が寝起きした場所は、四郎右衛門が根来衆との接触を持った場所とは違い、涌井谷衆が暗黙のうちに領地としている場所だった。

「其の者は、涌井谷衆と繋ぎを持ったやに見受けられます」

涌井谷衆は雇い主を選ばなかった。そのとき話が折り合えば、誰の許にも駆けつけた。ために、根来衆とは袂《たもと》を分かつことになったのだった。涌井谷衆が離反したとき、腕の立つ忍びが枯渇していた時代でもあり、内輪で争うのは無益なこと、涌井谷衆の動きを黙認したのだった。

根来の長は、常ならば涌井谷衆の動きに口を挟むことなどしないのだが、紀伊徳川本家・吉宗の近くに多十以下七名の者を配している折であることを鑑《かんが》みその者の後を尾《つ》け、正体を知っておこうとしたのだった。

そして知り得たことを、和歌山の城に出向いていた多十配下の草刈に伝えた。

「草刈の知らせによりますと、村尾外記の娘婿に当たる、久住源吾《くずみげんご》と申す者でございました」

「何……？」

四郎右衛門は、覚えずこぼした言葉を嚙《か》み殺した。

「村尾外記が頼職様の近くに仕えていた者ゆえ、草刈はその日から久住源吾に張りつきましてございます」

「して？」

「源吾奴《め》、目立った動きを控えていたのでございましょうが、ようやく動きましてございます」

下城の道順がいつもと違うことに、草刈は気づいた。通常は城を出ると東に進み、三木橋《みきばし》を渡って組屋敷に戻るのだが、その日は西に向かい、湊橋《みなとばし》を越し、そこで北に折れて寄合橋《よりあいばし》を渡り、京橋《きょうばし》を抜けるという大回りをした。

「草刈が絵解きを致しました。橋の頭を繋ぐと、湊、寄合、京となります。時刻は渡る橋の順で決めてあったと思われますが、『今夜、湊で寄り合う』ことが判明し、草刈は湊に忍びましてございます」

「うむっ」

四郎右衛門は、心急《せ》くまま、話を促した。

「で、何が判明した？」

「御当代様（吉宗）暗殺の企てにございます」

「何と⁉」

「この暮れまでには、決するということでございました」

「それに涌井谷衆が加わるというのだな？」

「左様でございます」

十二月二十六日に、村尾家の菩提寺《ぼだいじ》である常念寺《じょうねんじ》に村尾外記以下の江戸の者、久住源吾以下の和歌山の者、それに涌井谷衆が集まる手筈になっていると久住源吾は声を潜めて話していた。

これらの者が大挙して江戸城登城の駕籠《かご》を襲えば、吉宗とても防ぎようがない。十二月二十六日は、この日から数えて十四日後になる。

「村尾外記の所在は、摑んでおるのか」

「残念ながら不明にございます。藩には、歌を詠《よ》みに近在を歩くと申し出て、許可されております。今は隠居し無役の身ゆえ、見逃しておりました」

「久住源吾も、無役であったな？」

「左様で。それゆえ、山に入れたのかと存じます」

「…………」

「如何《いかが》致しましょうや?」

「始末するしかあるまい」

「家臣の方々につきましては、村尾外記さえ見つければ、始末は時間《とき》の問題でございます。それよりも……」

「涌井谷衆か」

「左様で」

「手強《てごわ》いか」

「頭《かしら》の幽斎《ゆうさい》の腕は尋常ではございませぬ。一対一なら、負けましょう」

「そうか……」

多十の背には、深い刀傷があった。

十五年前になる。奥州《おうしゅう》のある藩の御家騒動に力を貸した際、反対勢力についた指南役を殺《あや》めることになった。

墨を流したような新月の庭で、指南役は豪剣をふるった。多十は能《あた》う限りの技を駆使して攻撃したが、敵わず、背中を深々と断ち割られてしまったのだった。

三年後、その指南役を、幽斎は刀を抜かせる間もなく、心の臓を一突きにしている。

「幽斎らが加わる前に、片を付けるのが賢明と心得ます」

「では、村尾外記の居所を一刻も早く探り出さねばな」

「只今、御府内をくまなく探索致しておりますが、なかなかに……」

「探せ、何としても探し出すのだ」

「判りまして、ございます」

多十の声が去った後も、四郎右衛門はその場に立ち尽くした。

企てを語ってしまった久住源吾と、同志と繋ぎを取る源吾の行動とは落差があり過ぎた。繋ぎの付け方は、村尾外記から言われた方法を取ったのだろう。用心に用心を重ねている。

その村尾が、凝《じ》っと潜んでいるのだ。

(見つけ出せるだろうか)

吉宗の身辺を固める手筈を考えながら、四郎右衛門は中庭を後にした。

夢枕に義父の村尾外記が立っていた。

何やら言いたそうに口を動かすのだが、言葉にならないでいる。

次の日も、同じ夢を見た。

久住源吾は寝汗を拭《ふ》きながら、もしや異変が、と考えると、居ても立ってもいられないほどの焦りを覚えた。

その翌日には、夢枕の義父が、来てくれ、と確かに呟いた。飛び起きた源吾は、その夜同志を湊に集めると、夢の一件を話し、江戸への出立を早めたい旨、持ち出した。亡き頼職のためには、一身を投げ捨てる覚悟の者たちだった。脱藩することに否やはなかった。

翌早朝の出立を約した源吾が、外記の娘である妻の菊《きく》に、事の次第を話している声を床下で聞いている者がいた。

室の草刈だった。

草刈の秘術《夢傀儡《ゆめくぐつ》》により、源吾は夢を操られたのだった。

この術は《忍び声》の応用で、無臭の催眠効果のある香《こう》を焚《た》き、眠りに落ちたところで、声を送って夢を作り上げるのである。

源吾ら一行は、伊勢《いせ》街道から川俣《かわまた》街道を通り東海道に抜ける道筋を、江戸へ急いでいた。源吾らの背後には、草刈がいた。

（このまま江戸に向かえば、二十六日以前に着くはずだ）

多十らが村尾外記の居所を探ればよし、万一探り当てられなくとも、源吾らが導いてくれる。草刈は闇に溶け込み、密かに眠った。

多十の許に草刈から鳩《はと》の足に結ばれた文《ふみ》が届いたのは、草刈が藤枝《ふじえだ》の宿を出た頃だった。

「よし、間に合うぞ」

多十らが網を張っているとも知らず、源吾らは品川《しながわ》を抜けると、そのまま足を休める間も惜しんで歩を進め、御殿山《ごてんやま》を迂回《うかい》し、大崎村《おおさき》へと向かった。

「先には何がある？」

武家屋敷としては、松平陸奥守《むつのかみ》の下屋敷があるだけで、あとは畑と寺社が木立の中に点在しているだけだった。

「こんな所に？」

多十らが嘆いたのも無理はない。結集場所である常念寺とは縁もゆかりもない、朽ち果てた荒れ寺に村尾外記は潜んでいたのだった。

「何とした？」

外記の声が、境内《けいだい》にまで届いた。

「一日早まれば、それだけ発覚の危険が増すこと、判らぬか」

外記の怒りは暫く鎮《しず》まらなかったが、それも自分の身を案じてのことと思ったのか、

「とにかく、見張りを立てよ」

落ち着き払った声には、力があった。

「日が落ちたときが最後よ」

多十の言葉に、草刈以下、堂鬼、甚兵衛、市蔵の四つの影が頷いた。

冬の夜は早い。

しかも、木立の中だ。暮れるや、たちまち闇となった。

「方円の陣」

方は四角であり、円は丸だが、いずれの型にせよぐるりと取り囲む陣形だった。多人数なら円を描き、小人数なら方を描く。この場合は方だった。何も言わずとも、長の年月ともに修羅場《しゅらば》を掻い潜ってきた根来者には判っていた。とにかく、一人として逃すわけにはいかない。

多十の手の動きに合わせて、影が左右に散った。

間もなく――。

見張りに立っていた村尾外記配下の男の足許が、不意に膨《ふく》らんだ。

黒い布が風を孕《はら》んで膨らむ様に似ている。

「ん？」

と足許を見る間もなく、一つの命の灯が消えた。

闇の底から、重苦しいような鳥の鳴き音《ね》が、瞬間聞こえて、消えた。

（一つ）

鳴き音は、命を落とし取った合図だった。

これを《根来笛》という。根来の里近くにある風吹峠《かざふきとうげ》をわたる風の音を真似《まね》たのだと伝えられているが、確たる証しはない。

鳴き音が幾つか続いた。

「何か、胸騒ぎがする……」

外記が刀を引き寄せた。額《ひたい》に脂が浮いている。蠟燭《ろうそく》の火が揺らめきを重ねた。

「明日には涌井谷衆が参ります。後一日です。何も……」

言葉を費やそうとする源吾を手で制し、外記が、

「火を消せ」

と、低い声を発した。

そのとき、破れた障子から投げ込まれた手裏剣《しゆりけん》が水平に走り、蠟燭の芯を切り

落とした。

「どうした？」

「何とした？」

喚《わめ》き合う声が、絶叫に変わった。重い鉄片が外記の耳許を掠《かす》めた。

床を転がり、隣室に逃げた外記は、その勢いに乗って、庭に飛び降りた。

立ち上がった刹那には、身を低く構え、剣を抜き払っている。習練は積んでいた。

「村尾外記殿にございますな？」

膝と足指で身を支え、声の主を探した。跳躍《ちょうやく》し、真っ向から太刀《たち》を浴びせる。一の太刀の型には自信があった。

「誰だ？　吉宗の手の者だな？　名乗れ」

言葉を重ねたのは、息のある同志がいれば、彼らへの合図になると思ったからだった。

多十には、外記の考えは判っていた。

「もはや、お手前のみでござるよ」

「どこだ？」

「ここで、ござる」

声は耳許で起こった。

振り向いた外記の項《うなじ》に、苦無《くない》が深々と打ち込まれた。

声に釣られ、討手に背を向けたことが、命の分かれ目となった。

多十が、頽《くずおれ》た外記の身体と交差するようにして立ち上がった。

四つの影が、多十を囲んだ。

「終わったな」

多十が安堵《あんど》の声を落とした刹那、多十らの周りで《根来笛》に似た笛の音が鳴りわたった。

外記の屍《しかばね》を残し、五つの影が即座に散った。

闇だけが広がっている。

草むらに潜んだ多十の全身の筋肉が、固まり、震えた。完璧に背後を取られていた。しかも、そのことにまったく気づかずにいた。これほどの手練《てだ》れは限られている。

（まさか……）

「多十よ」

闇の中から、声がした。

「久しいのお」

「……幽斎か」

「そうよ、涌井谷の幽斎よ」

多十の背の傷が引き攣《つ》れ、鈍《にぶ》く、痛んだ。

しかし――。

幽斎の声からは、深い闇からは、殺気が感じられない。

（何としたことか……）

多十は声を発した。

「ぬしには済まなんだが、……これが役目での」

「所詮《しょせん》はここまでの奴輩《やつばら》と思えばいいわさ」

「やらぬのか、我らと？」

「まだ雇われてはおらんでな」

「……では、この囲みを解いて貰えんかな？」

「よかろう」

闇の底が微《かす》かに動いた。

「済まんの」

「才覚を持った主《あるじ》についた、ぬしが運よ」

鋭い風音が立ち、黒く細い棒が走り、地に突き刺さった。きっ、と動物の鳴き声が起こった。

外記の屍を狙った野鼠《のねずみ》の首に、棒手裏剣が打たれたのだった。

多十は、己が首に棒手裏剣を打たれた思いだった。

「さらばだ」

涌井谷衆の吹く《根来笛》が細く長く鳴って、消えた。肺腑《はいふ》を抉《えぐ》るような、もの哀しい音色だった。

多十らが吹く《根来笛》とは、どこかが違った。使う葦《あし》の部位の相違だった。

(二度と聞きたくないものよ)

しかし、多十はもう一度涌井谷衆の吹く《根来笛》を聞くことになる。

そのことは、まだ多十も幽斎も知らない。

翌宝永五年(一七〇八)、紀伊和歌山藩で人員整理が行なわれた。他の者に交じって、村尾外記に与《くみ》した者が粛清されたのである。

その二年後の宝永七年には、宝永四年に始まった二十分の一の差上金が免除となり、翌年までに宝永四年以来の差上金が全額返済された。

「何ゆえでございますか」

家中の者は返していただこうとは思っておりませぬのに、と詰め寄る有馬四郎右衛門に吉宗は笑って答えた。

「小さく借りた金は、きれいに返す。それで得た信用で、今度は大きく借りることが出来る。道理であろう？」

幕府から借り受けていた十万両も返し、紀伊和歌山藩の金蔵と米蔵には、約十四万一千両の金と約十一万六千石の米が蓄えられ、備えられた。

（儂が力よ）

吉宗は統治者としての能力に自信を持った。

その時節を待ち構えていたかのように、将軍職が手を伸ばせば届く距離に近づいてきた。

金蔵には、自由になる金もある。

（この金を有効に使えば、将軍になれる……）

吉宗の胸の内に、将軍職への野望が燃え始めた。

第二章　最高権力者への道

将軍職を継ぐ者

将軍在位二十九年にわたった綱吉が没したとき、家宣《いえのぶ》は四十八歳になっていた。

将軍となった家宣は、綱吉が神田《かんだ》御殿の家臣を重用したように、桜田《さくらだ》御殿の家臣を幕臣に直して身辺に置いた。甲府宰相と呼ばれてはいたが、世継ぎとなる以前、実際に甲州に下ることはなく、江戸の桜田御殿に住まいし、家臣を従えていた。養子将軍として幕閣《ばっかく》の上に立って政《まつりごと》を行なうには、己《おのれ》の手足の如《ごと》く動ける者を配するのが肝要である。

その主な家臣が、側用人・間部越前守詮房《まなべえちぜんのかみあきふさ》と儒臣・新井白石《あらいはくせき》であった。

正徳二年（一七一二）のこの年、白石は五十六歳になっていた。侍講《じこう》として元禄六年（一六九三）以来、十九年にわたって白石が仕《つか》えてきた家宣が将軍職に就《つ》いたのは、三年前だった。

「百歳の後も、我世にありしごとく」

《生類憐《しょうるいあわ》れみの令》を発令し続けよという綱吉の遺命に逆《さか》らい、綱吉の葬儀に先立って廃止するよう家宣に進言したのは、白石だった。

また、宝永通宝《ほうえいつうほう》という十文銭を、諸物価高騰の因になるからと通用を停止させたのも、白石だった。ために、鋳造《ちゆうぞう》を請《う》け負った商人紀伊国屋文左衛門《きのくにやぶんざえもん》は身上《しんしよう》を傾けたのだが、そのようなことは、白石にはどうでもよかった。

白石は思う。ここまでの上様は、やるべきことを理解し、着実にやってこられた。

（その上様が、何ゆえ本日このときに能を舞っておられるのか）

それが、白石には堪《たま》らなく不快だった。

しかし、白石の言う『本日このとき』に、特別の何かがあるわけではなかった。前もって家宣に目通りを願い出ていたわけでもなかった。自分も多忙なら、家宣も多忙であるはずだ。暢気《のんき》に能などを舞っている余裕などない筈《はず》ではないか。

白石は、江戸城中奥の《御座之間》にいた。家宣が舞っている《奥舞台》とは、襖《ふすま》を数枚隔《へだ》てているだけだった。白石の耳に、鼓の音が、ときに高く、ときに低く、聞こえてきていた。

鼓の音から想念を外そうと、心の中で老中どもに悪態をつく。

（世襲制の恩恵を受けて、ぬくぬくと育ってきた大名の子弟など使いものにならん。何だったのだ、あのざまは）

家宣が将軍職に就いた直後のことだ。

綱吉の代からの勘定奉行である荻原近江守重秀《おぎわらおうみのかみしげひで》が、白石や幕閣を前にして財政事情を語ったのだが、幕府の負債額が約百八十万両に及んでいることを知り、老中の小笠原佐渡守長重《さどのかみながしげ》などは泣き出してしまったのだった。

無能だ。まったくの無能者どもだ。

そやつらを許している上様も、上様だ。

何ゆえ、松平吉保をのうのうと生きながらえさせているのか。前将軍亡き後、殊勝げに御役御免を願い出てきたが、どうして吉保の言葉のままにお受けになられたのか。何ゆえ、罷免《ひめん》の恥辱《ちじょく》を与えなかったのか。

西の丸にいらした頃、六度にわたり吉保の屋敷で手厚い持て成しをお受けになったからか。あれは、彼奴《きやつ》の保身ではないか。紀伊の綱教《つなのり》公が存命の頃は、綱教公に媚《こ》びを売り、正室である鶴姫様亡き後は、上様に媚《こ》びを売っていささかも恥じるところのなかった鉄面皮《てつめんぴ》ではないか。

吉保奴の下で幕府の財政を私していた荻原重秀。彼奴をどうして未《いま》だに勘定奉行職に置いているのか。彼奴こそ、獅子身中《しししんちゅう》の虫ではないか。

銀座《ぎんざ》商人深江庄左衛門《ふかえしょうざえもん》と謀《はか》り、二十六万両という金を懐《ふところ》に収めているのは明明白白ではないか。庄左衛門の帳簿も証しの品として押さえてある。なのに、未だに上様は罷免なされぬ。

——財政を見る者が他にいない……。

上様は、そう仰せになった。それが理由か。そのような理由があっていいものか。

——才ある者は徳あらず、徳ある者は才あらず。

上様としたことが、何を仰せか。徳のない者は才などないのが道理ではないか。

息が荒くなってしまった自分に気づいた白石は、懐紙《かいし》でそっと口許《くちもと》を拭《ぬぐ》い、懐に挟《はさ》み置いた上書を取り出した。

荻原重秀罷免を願う三度目の上書だった。

(何度でも書いてやる)

白石は、深く息を吸い込み、棒のように吐き出した。

間もなくして、廊下の奥から裾音が近づいて来た。足の運びに特徴がある。

（越前か）

剣を学んだ者にひどく似ているが、摺《す》り足にそれらの者とは違う粘り気がある。

能役者の足の運びだった。

側用人の間部詮房が、静かに障子を開けた。

幼少の頃能楽師の弟子であった詮房は、能楽という特技で家宣の信頼を得、老中格の地位にまで昇り詰めてきた男だった。

白石はわずかに頭を前に傾けると、上書を指先で前方に押した。

「またか……」

と、家宣が白石の上書を手にして言った。

「再度の御検討を、との由にて、その後下城されましてございます」

「怒っておいでだったか」

「……しかとは」

白石が怒りを内に秘めておける人間でないことは、家宣には判っていた。しかも、白石が能を嫌っていることも知っていた。

「越前にも、不快な思いをさせるな」

「勿体《もったい》なき御言葉にございます」

宝永三年（一七〇六）のことだった。白石が、上様にと、間部詮房に意見書を差し出したことがあった。

一読して、家宣の顔色が変わった。能楽などに打ち込んではならない、能役者を重用してはならない、いわんや上様御自身が役者のように舞うべきではない、という内容だった。

そのような意見書を、何ゆえ詮房を仲介して差し出すのか。怒りに任せて、詮房にも見せてしまったことを、家宣は今でも後悔している。温厚篤実《おんこうとくじつ》な詮房のこめかみに青筋が立っていた。

重用するなと書かれている能役者とは、詮房以外の何者でもない。

白石は、意見書を書いたことなど忘れてしまっているかのように振る舞っている。詮房も、書かれたことなど、まったく存ぜぬ風を装っている。それで、つつがなく日が過ぎていた。

（ゆえに、余は何も言わなんだが……）

「師は、どうして能の良さが判らんのかの？」

「白石殿が羨《うらや》ましゅうございます」

「ん?」

家宣は訝《いぶか》しげに詮房を見詰めた。

「敵をつくることを、恐れておられませぬ」

「《鬼》の強さかの?」

白石が陰で《鬼》と呼ばれていることを家宣は知っていた。それが詮房には驚きだった。

「しかしの、己にも《鬼》だからこそ成し得た事々を、忘るるではないぞ」

『武家諸法度《ぶけしょはっと》』の改訂を始めとして朝鮮来聘使《らいへいし》の接遇問題やら、その剛腕ぶりには目を見張らせるものがあったのは事実だった。

「心得ております」

詮房にしても、白石の清廉《せいれん》な心情は尊敬するに値すると思っていた。しかし、寸分の狂いも許そうとしない剛直さには、いささか辟易《へきえき》するところがあった。だが、そうだと心得て付き合えば、白石は嫌な男ではなかった。

(白石には、裏がない……)

正しいと思えば、周囲の思惑など考慮に入れず、まっしぐらに突き進むのが白石だった。

（だが、剛剣は折れる）

生き残れるのは自分だろうと、詮房は考えていた。

「荻原重秀の件でございますが」

と、詮房は思いを新たにして言った。

「如何《いかが》致しましょう？」

「三度目だ。聞いてやらずば、師の一分が立つまい」

「改鋳で出目《でめ》を稼ぐ。重秀ならずとも、他の方策はなきやと思われます。役職柄、絶えず陰口に晒《さら》されますが、二十六万両私したとは、某《それがし》にはとても思えませぬ」

「とは思うがの……」

師を取るか重秀を取るか、白石に二者択一を迫られた家宣は、重秀を切るしかなかった。

断を下した家宣は、重秀を罷免するのだが、その頃には家宣の身体は、風邪が因の病に侵されていた。

（長くはない）

余命を悟った家宣にとって唯一気がかりなのは、嫡男《ちゃくなん》・鍋松《なべまつ》がまだ四歳と幼いことだった。

「白石を」

病の床から家宣は詮房に言った。

家宣の顔には血の気がなかった。元来が色白の上に病を得、抜けるように白かった。

「御気色のよろしき折に御召し下されば……」

参上つかまつりまするゆえ、と白石は遠慮を申し出たのだが、

「至って気色はよいのだ」

と答えて、家宣は取り合わず、

「師に相談の儀がござる」

人払いをすると、白石を近くに寄せて、おもむろに切り出した。将軍職の後継問題だった。

「余に万一のことがあった場合だが、二案ある」

と、家宣は言った。一つは、幼い鍋松ではなく、尾張《おわり》徳川家の吉通《よしみち》を後継者とする案で、もう一つは、鍋松を立てるが、後見として吉通を据《す》えるという案だった。

「存念を申してくれ」

尾張名古屋藩四代藩主吉通の人となりには、定評があった。

それは、軟弱になりがちな藩主たちにあって、柳生新陰流《やぎゅうしんかげりゅう》の使い手としての評価であった。

しかし――。

白石には白石の思いがあった。今ある地位に対する思いだった。

儒学の支流である木下順庵《きのしたじゅんあん》門下の出でありながら、総本家を向こうに回し、優位に立っていられるのも、権力の座近くにいるからだった。

もし尾張の吉通が将軍になった場合、自分はどうなるのか。

自分が賛同し、推挙したと知れば、粗略には扱われないだろうが、今と同じ発言力を保《たも》てるという保証はない。

だが、幼い鍋松が将軍になれば、違う。

（越前と某《それがし》で、この国を動かせる）

間部詮房が頼るのは自分しかいない。当代様（家宣）御在世中と同様、儒教精神に則《のっと》った思い通りの政《まつりごと》が出来る。

白石は、思案をしているかのように振る舞い、尋ねた。

「御後見職でございますが、尾張様であって、紀州様ではございませぬな?」

「吉宗は、あの綱教の弟だからの。考えてはおらん」

家宣は、綱豊と名乗っていた頃、亡き兄の子・綱豊を跡継ぎに立てることを渋り続けた綱吉に苦しめられた。綱吉が考えていた後継者は、紀伊和歌山藩藩主の綱教だった。

「吉宗には、暗い噂がございますようで」

実兄である藩主・頼職《よりもと》暗殺の噂だった。

「師ともあろう御方が、滅多なことを口の端《は》にのぼせてはなりませぬぞ」

家宣の嫡男・鍋松にも、似た話があった。

家宣には五男一女がいたが、そのうちの四人が生後一年も経たずに亡くなっていた。辛《かろ》うじて、三男の大五郎《だいごろう》と四男の鍋松が順調に育ったのだが、二人の周囲の者による将軍継嗣《けいし》争いの最中、突然大五郎が三歳で没したのだった。すると、鍋松の周囲にきな臭い噂が立った。

それはともかく――。

家宣は、六人の子のうち五人までを三歳までに亡くしていたのである。

(残る鍋松君とても、成人は覚束《おぼつか》なく思えたのであろう。ならば今のうちに、紀

伊家より尾張家の吉通を指名しておけば、とお考えになったのに違いない）

家宣の思いは判った。白石は、これ以上の議論は無用と考え、結論を急いだ。

「上様には、御立派な御継嗣・鍋松君がおわします。御継嗣がありながら、他家から養継嗣を迎えるのは騒乱の元。ここは鍋松君をもって七代将軍とされるのが、唯一の道と心得ます」

親として、子を将軍職にと勧められたのだ。不安があるとしても、可能性に賭《か》けたくなるのが人情だろう。白石は、家宣の心の隙間《すきま》を衝《つ》いた。

「上様には、間部越前守がおわします。越前殿は、私心のない希有《けう》な忠臣でございます。越前殿が補佐を致さば、と存じます」

白石は、わざと自分の名を加えなかった。吉通を遠ざけ、自分が権力の近くにいたいのだとは、微塵《みじん》も思われたくなかった。

「師も、補佐の労を願えるのであろうの？」

「微力ながら……」

「うむっ」

頷《うなず》いた家宣の頬に微《かす》かな赤みが差した。

（本音はそこにあったのか）

白石は、詮房の年齢を口にした。

「越前殿は四十六歳。お若《わこ》うございます。この先十年は、壮健でおられましょう。その頃には、鍋松君は十四歳。立派に元服《げんぷく》されておられましょう」

「成人してくれるかの？」

「それを見届けるのは、親の務め。上様には御気を強く持たれ、一刻も早い御快癒をと祈念申し上げます。御進講《ごしんこう》の予定もございますゆえ」

白石にしては珍しい軽口だった。思わず家宣は小さな笑い声を立ててしまった。

しかし、この笑い声が、家宣が立てた最後の笑い声だった。わずか十七日後の十月十四日、六代将軍家宣は没する。

同日、家宣の遺言が儒者・林信充《はやしのぶみつ》によって読み上げられた。

そこには、幕閣や諸大名宛の文面とともに、御三家の当主宛の遺言があった。主として、鍋松が成人しなかった場合のことが書かれていた。

内容は——。

その節には、吉通の嫡男・五郎太《ごろうた》か、吉宗の嫡男・長福丸《ながとみまる》を鍋松の養子とし、吉通か吉宗に後見を頼むというものだった。

どちらか、と書かれているが、比べれば、尾張は御三家の長兄格である。尾張が存命していれば、紀州の出番はない。吉宗にとって邪魔な存在が、いやが上にも知らしめられたのである。

吉宗が尾張の存在を苦く思い始めたのは、十七日前の家宣と白石の密談の内容を知ってからのことになる。

二人の密談を天井裏で聞いていたのは、すが洩《も》りの弁佐だった。

（尾張家の市ヶ谷藩邸を、徹底的に調べておけ）

即刻名草《なぐさ》の多十に命令を下した吉宗は、ほどなくして市ヶ谷藩邸の詳細な見取り図を入手した。

「儂《わし》が〝運〟を試すときがきたわ……」

紀州藩藩主として押しも押されもしない実力者となった吉宗は、さらに究極の地位を目指して、強引なまでに〝運〟を引き寄せようと動き始めたのである。

尾張名古屋藩・市ヶ谷藩邸

正徳三年（一七一三）四月、家継《いえつぐ》と名を改めた鍋松が宣下《せんげ》を受け、わずか五歳で将軍職に就いた。幼将軍は、生母・月光院《げっこういん》のいる大奥で育てられることになった。

幼いとはいえ、家継は将軍である。将軍の名で発令される文書には、家継が目を通したという形式的な手続きが必要となる。家宣の遺命によって家継の補佐となった側用人・間部越前守詮房は、これら手続きを円滑に行なうため、特例をもって大奥お出入り自由の身となった。後に、月光院と間部詮房の仲が怪しいとうまことしやかな噂が囁かれる因《もと》となった。

詮房は生涯妻を娶《めと》らずに過ごしたという。特に補佐役となってからは、ただの一度も下城せず、ひたすら御役目大切と忠勤に励んだ。このことは、悪くとれば、月光院の色香に迷い、離れ難《がた》かったがゆえということになる。

それを裏付ける話がある。

大奥の《御錠口《おじょうぐち》》近くにある、《御小座敷《おこざしき》》という部屋での一件だ。《御小座敷》は、将軍が一夜の伽《とぎ》を楽しむ部屋である。その部屋で公服を脱いだ詮房が、月光院と炬燵《こたつ》に入って酒を飲んでいたというのだ。これだけでも充分不謹慎な話なのだが、先がある。

部屋に入って来た家継が、詮房を見て、

——まるで上様のようだ。

と、膝《ひざ》に攀《よ》じ登ったというのだ。

実《まこと》しやかな話だが、真偽のほどは判らない。

だが、噂が立つことすら腹立たしいと思っている者たちもいたのである。前将軍家宣の正室・天英院《てんえいいん》と門閥譜代《もんばつふだい》の重臣たちである。

能役者の弟子上がりの詮房と、浅草の僧侶の娘の月光院に、鼻面《はなづら》を取って引き回されて堪るか、と考えている者たちだった。

彼らが二人の追い落としと自分らの復権の策を練っている頃、赤坂の藩邸で別の策を練っている者がいた——。


紀伊和歌山藩の赤坂藩邸の奥にある《御座之間》に、吉宗を囲む四つの人影があった。御用役を務める有馬四郎右衛門と加納角兵衛、それに名草の多十とすが洩りの弁佐の四人だった。

「上様はお蒲柳《よわ》い。いつお隠れになるか、知れたことではない」

吉宗の言葉に、御用役の二人が頷いた。残る二つの影は、身動き一つせずに聞いている。

「本丸に入るには、まず外堀を埋めることだ」

第一の外堀は吉通であり、第二の外堀は五郎太だった。

埋める。すなわち、殺すことに他ならない。

「しかし……」

加納角兵衛が、口ごもり、言葉を切った。

「何だ、遠慮のう申せ」

「尾張様は、柳生新陰流の達人と聞き及んでおります」

「らしいの」

吉宗の声音が、少しく落ちた。

「あの連也斎《れんやさい》に、天分ありと言われたと聞いておるわ」

尾張柳生の祖・柳生兵庫助利厳《ひょうごのすけとしよし》の三男に生まれ、天才の名を縦《ほしいまま》にし、新陰流の道統を継いだ連也斎厳包《よしかね》。

その連也斎は、元禄七年十月十一日に七十歳で没するのだが、死の半年前に隠居の身を押して、五歳の吉通に剣を説《と》いている。

達人の目には、わずか五歳の子供でも、天分の有無が判ったのだろう。

――二十年、いや、せめて十年前に、お会いしとうございました。

死を悟っていた老剣客《けんかく》は、そう漏らしたという。

「市ヶ谷では、冬でも《蛍火《ほたるび》》が飛び交うという噂がございます」

四郎右衛門が呟《つぶや》くように言った。

「何のことだ？」

酒の好きな吉通は、浴びるほどの量を呑《の》んだが、そのまま床に就くことはなく、その日身体に溜まった酒精は、その日のうちに真剣の素振りで汗とともに絞り出しているのだと、四郎右衛門は噂を語った。

庭に降り立ち、剣を振る。月の光を孕《はら》んだ刃が鮮やかにきらめき流れる光景は、あたかも蛍の舞いを思わせるところから、いつしか《蛍火》と呼ばれるようになった。

「多十も、見たか」

吉宗に問われ、多十が閉ざしていた口を開いた。

「お陰を持ちまして、御流儀では《位》とか《太刀》とか申すそうでございますが、《型》を学ばせていただきました」

「そうか」

吉宗の口から、この日初めて白い歯がこぼれた。

「では、勝てるな？」

「立ち合ってみるまでは、しかとは申せませぬが……」

多十は一旦言葉を切り、思い直したように続けた。

「……勝機はあると心得ております。《型》を見たこと、そして、新陰流の太刀筋はこの身体が知っておりますので」

「身体で？」

「随分と昔になりますが、新陰流の剣に斬《き》られたことがございます」

「何と⁉」

多十は指南役との闇夜の戦いを話した。

構えずに、自然体に身をおく。新陰流で言う《無形《むぎょう》の位《くらい》》をとる相手に、多十は焦りから動いてみせた。動きの速さには、自信があった。斬り結んでは離れ、それを何回となく繰り返し、完全に先手をとったと思い、刃を打ち込んだとき、相手がするりと体を入れ替えるようにして背後に回った。《猿廻《さるまわし》》と名付けられた新陰流の太刀筋だった。その瞬間、反射的に前方に身体を投げ捨てなければ、多十の命はなかっただろう。

「小手先の技に慢心しておりました頃の話でございます」

「それで、慢心は捨てられたか」

「まだまだ、とても……」

多十が唇を歪《ゆが》めた。それが笑った顔なのか、苦渋を秘めた顔なのか、吉宗には判らなかった。

「ぬしが話、忘れぬぞ」

深く頭《こうべ》を垂《た》れた多十が弁佐を引き連れて御前を辞したのは、四半刻《しはんとき》（約三十分）後だった。


その翌日の夜、多十と弁佐は、尾張名古屋藩・市ヶ谷藩邸の奥庭の植え込みの中にいた。

夕闇に紛《まぎ》れて忍び込むのに、造作はかからなかった。人影がないだけ、町筋を行くより楽だとも言えた。

段取りは、ついていた。多十の合図に合わせて、弁佐が植え込みを出、吉通が憩《いこ》う《新御座敷》の隣室に侍《はべ》る御用役を眠りにかける。そこからは、多十の仕事だった。後は時を待つだけだった——。

七月の末である。夜になっても蒸し暑く、障子は開け放たれていた。多十らの目には、座敷内の様子がはっきりと見て取れている。

吉通を上座に、寵臣・守崎頼母《もりさきたのも》と、その妹で吉通の愛妾《あいしょう》・右京《うきょう》。三人が、月明かりの庭を肴《さかな》に盃《さかずき》を傾けていた。

右京が媚びを含んだ目を吉通に向けた。

「そちが妹にも、困ったものよ」

「幼き頃より、困り続けております」

「であろうの」

埒《らち》もない話だったが、多十と弁佐は耳を澄まして、十間（約十八メートル）先の会話を聞いていた。

忍びは川を挟んで言葉を交わし、聴力を鍛えている。大声に始まり小声に終わる修行は、集中力を養う意味もあった。この川を挟んでの修行方法を発声術に転換したのが、能楽における謡《うたい》の稽古だった。川音にも消されぬ声を、対岸に立って掛け合ったのだ。

「聞きとうないわ」

突然、吉通が大声を発した。今までの穏《おだ》やかな談笑が嘘のように、表情が一変している。

「しかし、御家老としては、殿の身を案じてのことでございます」

頼母が口にした御家老とは、尾張名古屋藩の附家老《つけがろう》・竹腰山城守正武《たけのこしやましろのかみまさたけ》のことだった。

竹腰正武は、前将軍家宣の遺言が読み上げられて以来、吉通の身辺に腕の立つ警護の者を置かせて欲しいと、くどいほど申し入れてきていた。そのたびに、

「儂が腕を何と思うてか」

と一喝され、今では御目見《おめみえ》を願い出ても、気分が優れぬからと門前払いを食らわされていた。

だが、何としてもと思い、寵臣・守崎頼母に辞を低くして、言上を頼み込んだのだった。

「もうよい。下がれ」

執《と》り成《な》そうと膝をにじり寄せた右京も下がらせ、吉通は座敷に一人残った。

多十が待っていたのは、まさしくこのときだった。

「参」

多十が小声を発するや、弁佐は地を蹴《け》った。

無臭香で風の流れは確かめてある。後は催眠香で隣室に控えている御用役と下

がってきた守崎頼母らを眠らせればいい。

多十は辺りに目を配り、気配を探った。闇に潜み、吉通を警護している者は誰もいない。

(うぬが命を縮めるは、うぬが自信よ)

《新御座敷》では、吉通が剣を抜き払い、凝《じ》っと刃文に見入っている。

津田《つだ》越前守助広《すけひろ》が鍛えた刃渡り二尺三寸(約七十センチ)の一振りだった。打ち寄せ、砕《くだ》け散る波濤《はとう》を思わせる刃文は、津田助広の創作によるもので、濤瀾《とうらん》刃として知られている。

短く、鋭く、《根来笛》が鳴った。

隣室の頼母らが眠りこけた合図だった。

酔ってはいても、吉通は剣で鍛えてある。何やら異なものを感じ取ったらしい。隙が消えた。

と同時に——。

多十の手から離れた手裏剣が燭台の灯芯《とうしん》を切り落とした。

ここぞと闇の中に身を翻《ひるがえ》した多十の頬を、何かが掠《かす》めた。さらにもう一本が、袖に刺さり、垂れている。塗り箸《ばし》だった。

火が消えた瞬間、吉通は手近にある武器に代わるものを投げつけたのだ。しかも、多十が飛ぶ位置に、正確に。

（大した殿様よ）

多十は、木立を背に闇から闇を伝いわたった。

「何者だ？」

「尾張中納言様で、ございまするな？」

「であったら、何とする？」

「柳生新陰流と勝負がしとうございます」

忍びに正邪《せいじゃ》の法はない。勝ちを得れば、それがすべてだった。

だが多十は、忍びの鉄則を捨て、剣を用い、一対一で向き合おうとしていた。声を立て、加勢を求めるには、吉通は腕が立ち過ぎた。矜持《きょうじ》があり過ぎた。多十は、そこを衝いたのだった。

「面白い」

吉通は、抜き身を手に、月明かりの庭に降り立った。

多十は、吉通の正面に回り、ゆっくりと闇から姿を現した。

「何も問うまい。問うても答えぬであろうからの」

吉通は、津田越前守助広二尺三寸を右手に下げたまま、一歩踏み出した。

多十の影が、吉通の足許近くに伸びている。

多十は、抜き合う素振りも見せない。鞘《さや》に収められた剣は、未だ腰間《ようかん》にある。

「居合とは、珍し……」

剣は呼吸である。話すと呼吸が乱れる。乱れた呼吸から、剣を送り出すことは出来ない。息を止め、打ちかかるという一瞬の遅れが生ずる。

多十は、吉通が口を開いた刹那《せつな》、一足一刀の間合いに踏み込んだ。

吉通の剣が唸《うな》りを上げた。剣先が月の明かりを受けて、円弧を描いた。

《蛍火》が、命取りよ）

多十の目に、剣の動きがはっきりと映った。

多十の脇を擦り抜けた吉通が、背後から二尺三寸の刀身を振り下ろした。

「猿廻《さるまわし》」

多十は前転の後、地を蹴って逃れながら、言葉のつぶてを投げつけた。

「何!?」

新陰流の型を、何ゆえ曲者《くせもの》が知っているのか。

吉通は心を乱しながらも再び剣を送った。下段から跳ね上がった剣が、空を流れた。

「浦波《うらなみ》」

（知られている。太刀筋を知られている）

理由は判らなかったが、新陰流を知り抜いている。

（どうしたら、いいのだ……？）

思ったときには、曲者は、目の前にいた。上段に構えた吉通の正面に立ち、いつの間に抜いたのか、《脇構え》の型をとっている。

振り下ろす剣の速度と、脇から払い上げる剣の速度と、どちらが速いか。

（勝機はある。充分ある）

吉通は間合いを測ろうとわずかに足を左に送った。胴を払われても、肋《あばら》一寸くれてやれば避けられる。自信はあった。

だが――。

（剣が見えない！）

曲者の剣が闇に溶けていた。刀身が黒いのだ。

鉄を焼き、熱いうちに絹の布でこすると、焦げて黒くなった絹が粉末となり、刀身に焼き付く。刀身の艶《つや》と輝きを消すのである。忍びの言葉で言う、「綿色《わたいろ》をかける」技《わざ》だった。

間合いを見失ったことが、勝負の分かれ目だった。

懐に飛び込んだ多十の剣が、吉通の腹部を深々と斬り裂いた。

倒れた吉通の口からも腹からも、血の塊が噴き出している。

「止《とど》めを刺すまでもないの」

多十は、弁佐とともに闇に戻った。

間もなくして――。

弁佐に眠らされていた頼母らが、我に返った。暗い。隣室の吉通の部屋の灯も落ちている。

(何としたことか……)

訝《いぶか》しげに襖を開けた頼母が吉通の姿を庭に見つけるのに、時間はかからなかった。

医師・大野芳庵《おおのほうあん》が呼ばれたが、すでに手の施しようのない惨状であった。

尾張中納言徳川吉通。行年《ぎょうねん》二十五歳であった。

吉通が逝《い》った一月《ひとつき》後、嫡男の五郎太が尾張徳川家の家督を継いだ。わずかに三歳だった。

その五郎太も、約二月《ふたつき》後の十月十八日には没した。

死ぬ数日前から、下痢と嘔吐《おうと》が続き、痙攣《けいれん》が起こり、最後には皮膚《ひふ》が黒ずんで、事切れたという。

典型的な《石見銀山《いわみぎんざん》》の症状である。

就寝中、四囲《しい》に警護の者を配しておいたのにもかかわらず、天井裏に忍んだ弁佐に、まんまとしてやられたのだ。ちなみに《石見銀山》のような亜砒酸《あひさん》系の粉末は、水には溶けない。湯で溶いて、冷ますのである。それを弁佐は、天井から糸に伝わせ、五郎太の口に滴り落としたのだった。

吉通と五郎太の相次ぐ死により、

（これで尾張の目はなくなった）

と吉宗は踏んだのだが、では紀伊だけが将軍職の候補に残ったのかと言うと、そう簡単にはいかなかった。

大奥の権勢を現将軍家継の生母・月光院から取り戻そうとしている前将軍家宣の正室・天英院。

長年続いた側近政治に幕を引き、自身らの復権を賭ける門閥譜代の重臣たち。

また、今ある権勢の維持に固執する側用人・間部詮房と月光院。

それぞれの思惑で、それぞれが次期将軍を推挙した。中でも一番の強敵は、兄・吉通と嫡男五郎太の死によって、部屋住みの身から急遽《きゅうきょ》第六代尾張藩藩主の座に就いた継友《つぐとも》だった。

そして――。

暗闘の前触れのように、一つの事件が起きる。

絵島《えじま》事件である。

絵島事件

六代将軍の家宣は五男一女を儲《もう》けたが、四歳を数えたのは、七代将軍となった四男の家継一人だけだった。

その家継も、病弱だった。父親がそうであったように、すぐ風邪をひき、熱を発した。

これでは――。

（とても、育つまい）

周囲の者がそう思ったのも無理はなかった。

となると――。

（次の将軍を誰にするか）

が、緊急の課題になる。

将軍に据える者によって、これからの自分の運命が決まってしまうからだ。

中でも、綱吉、家宣、家継と三代に及んだ側近政治の煽《あお》りを受け、頭を押さえられ続けてきた門閥譜代の重臣たち、特に大老の井伊掃部頭直該《いいかもんのかみなおもり》と老中の秋元但馬守喬知《あきもとたじまのかみたかとも》は、門閥譜代の復権を賭けて策謀を巡らしていた。

標的とされたのは、将軍の生母であることを笠《かさ》に着て大奥を牛耳《ぎゅうじ》り、さらに間部越前守詮房と謀《はか》って《表》の政《まつりごと》にまで口を挟む月光院だった。

「腹《はら》が煮えてならんわ」

吐き捨てるように言ったのは、井伊直該だった。

「女狐奴《めぎつねめ》が尻尾を出すのを待っておるのでございますが、なかなか……」

秋元喬知が、首を横に振って見せた。

「こうなれば、燻《いぶ》り出すしかなかろうかとも考えております」

「いやいや、焦るではない」

井伊直該が、抑えるように掌《て》を広げて言った。

「焦って元も子もなくしては、何にもならぬわ。何と申しても、御生母の地位は地位だからの」

井伊直該は、この年正徳四年（一七一四）には五十九歳になっていた。井伊家四代目の当主を務め、八男に五代、十男に六代を継がせたのだが、ともに病没したため、再度襲封し七代藩主になっていた。

大奥浄化を願う心は強かったが、大奥の強さ、怖さも知り抜いていた。仕掛ける前に仕掛けられては、身動きが取れなくなることは目に見えている。

対して秋元喬知は、六十六歳。死を間近に控えた病身であった。残された歳月を数え始めた人間に、怖いものはない。

（お気弱な……）

辞任を恐れて何が出来ようか、という思いを隠し、喬知は頷いて見せた。

「心得ております」

重鎮二人の会話を土屋相模守政直《つちやさがみのかみまさなお》、阿部豊後守正喬《あべぶんごのかみまさたか》らの老中たちは、黙って聞いていた。月光院と間部詮房らの専横を憤《いきどお》ってはいるのだが、何をしたらいいのか見当もつかないでいる。頷き、呼吸を合わせるために席に臨んでいるようなものだった。

しかし、井伊直該と秋元喬知にとっては、それで充分だった。下手な意見は聞きたくなかったし、動いて貰《もら》いたくもなかったからだった。

大奥付きの目付から若年寄に訴状が回ってきたのは、そのようなときだった。

訴状には――。

月光院の代参として芝《しば》の増上寺《ぞうじょうじ》御霊屋《みたまや》に参詣した大奥筆頭御年寄の絵島《えじま》らが、帰城の刻限に遅れた由が書き記されていた。

大奥へは、《御錠口》と《七つ口》を通らなければ入れない。その《御錠口》の門限の六つ（午後六時）には間に合ったのだが、《七つ口》の門限、七つ（午後四時）には間に合わなかったというのだ。

しかも、理由は、代参の後芝居見物をし、さらに芝居茶屋で酒宴を催《もよお》したためであるらしい。

「千載一遇の好機やも知れぬぞ」

秋元喬知は、若年寄を通して目付の稲生次郎左衛門《いのうじろうざえもん》に徹底的な調査を命じた。

時に正徳四年一月十三日、尾張藩主の五郎太が闇に葬られた三か月後のことだった。

絵島ら代参の一行は、総勢約百三十名だった。これだけの人数が、芝居見物をして酒宴を催すのだ。それなりの費用が必要であるし、打ち合わせも行なわなければならない。しかし、絵島らには大奥のお務めがある。打ち合わせをしたくとも、身体が自由にならない。そこで、絵島らの意を受けた走り使いをする役人やら、費用を賄《まかな》う商人が不可欠になる。

絵島のために役人が動いたとすると、その役人は職務不行き届きであるし、商人ならば大奥の利権目当ての接待であることは、明白である。

ましてや、絵島と歌舞伎役者の生島新五郎《いくしましんごろう》とは、昵懇《じっこん》の仲だと目されている。

稲生次郎左衛門は、

・月光院の右腕とも言うべき絵島を叩《たた》くことで、月光院の力を殺《そ》ぐこと。

・大奥の綱紀粛正《こうきしゅくせい》を図ること。

この二つの命題を胸に、老中支配下の町奉行の協力を得て、代参に加わった約百三十名の者を始めとして、絵島にかかわりを持つすべての者たちを調べ上げた。

中でも最も苛酷な取り調べを受けたのは、生島新五郎だった。絵島との情交の有無を問われ、小伝馬町《こでんまちょう》牢屋敷で《石抱き》の牢問《ろうもん》に掛けられたのである。

《石抱き》は、

①三角形に切り揃《そろ》えた材木を、頂点が上になるようにして並べ、その上に尋問する者を正座させる。

②その者の膝の上に、一枚重さ約十二貫目（四十五キロ）の《責め石》を載せる。

③一枚で白状しない場合は、さらに一枚、二枚と《責め石》を載せてゆき、それでも白状しないときは、下男が《責め石》の両方から揺さぶりをかける。

という苛酷なものだった。《責め石》は縦三尺（約九十一センチ）横一尺（約三十センチ）厚さ三寸（約九センチ）の平らな石で、伊豆石《いずいし》という青黒い石が使われていた。

この責め苦に、生島新五郎は耐え抜いた。

冤罪《えんざい》だから自白しなかったのか、白状すれば死罪は免れ得ないと考えて耐えたのかは不明だが、絵島との情交は頑として認めなかった。

稲生次郎左衛門は生島への責めを諦め、絵島を落とそうと評定所に引き出したが、絵島も認めようとはしない。

小伝馬町牢屋敷に送られ、揚げ屋入りとなった絵島は、不寝問にかけられたが、容疑を認めずに耐え通した。

「さすがに、気丈《きじょう》なものよの……」

井伊直該の言葉には感慨が籠《こ》もっていた。

大奥の御年寄といえば、《表》の老中に匹敵する実力者である。その権勢の程は熟知していた。

このとき、井伊直該は大老職にはいなかった。月光院の意を受けた間部詮房により、家継の名をもって、辞任させられていたのである。直該が恐れていたことが現実になってしまっていたのだ。

「しかし、事ここに至れば、自白の有無は問題にはなりますまい」

秋元喬知の物言いは醒《さ》めていた。

「芝居見物だけで大奥の法度《はっと》は破っておりますゆえ、いかな月光院様でも文句は付けられませぬ」

「月光院様付きの奥女中で放逐が決まった者は、幾人《いくたり》と申したかな？」

直該の問いに、座敷の隅《すみ》に控えていた稲生次郎左衛門が即座に答えた。問われるような数字は、あらかじめ頭に叩き込んである。

「六十七名に及びましてございます」

「仕置する総勢は、千五百名と申したな？」

「御意にございます」

「よくぞ、ここまで事件を大きくしたものよ。稲生次郎左衛門、其の方の名、記憶に留めおくぞ」

元が付くとはいえ、大老の言葉である。しかも、ただの大老とは違う。幕政史上、二度にわたって大老職を務めたのは、井伊直該しかいない。稲生は畳に頭部がめり込むほどに、力を込めて平伏した。

「それで仕置がことだがの」

と、直該が言った。

「絵島は、やはり永《なが》の御預けかの？」

「死罪が妥当かと存じます」

「それはまた、何と」

「絵島の仕置につきましては、引導を渡す意味でも、前もって月光院様に伝えねばなりませぬ。死罪と申さば、必ずや減刑を願い出られるものと心得ます」

「……であろうな」

「頭を下げさせねば、腹《はら》が煮えるではござりませぬか」

約二か月前に、直該が秋元喬知に言い放った言葉だった。

「但馬殿も怖い御方でござるの」

「畏《おそ》れ入りましてございます」

「で、御慈悲をもって、どこに預ける？」

「それが難題で、未だに決めかねております」

直該は暫《しば》し黙考していたが、咳払いをすると稲生次郎左衛門に、

「ご苦労であった。下がってよいぞ」

と声をかけ、裾音が遠のくのを待って、信濃《しなの》が良かろう、と言った。

絵島に罪科が申し渡されたのは、三月五日。《七つ口》の門限に遅れたときから、わずか二か月足らず後のことだった。

絵島にかかわった者たちは――。
・生島新五郎……三宅島《みやけじま》に遠島
・山村座《やまむらざ》座元《ざもと》・山村長太夫《ちょうだゆう》……大島《おおしま》に遠島
・御用商人（材木屋）栂屋善六《つがやぜんろく》……三宅島に遠島

・絵島の異母兄・小普請組《こぶしんぐみ》白井平右衛門《しらいひらえもん》……小塚原《こづかっぱら》にて斬首
などの罪を得て、役者の生島新五郎が舞台から引き摺り降ろされたように人生の檜舞台《ひのき》から引き降ろされ、ある者は死罪に、極刑を許された者は遠流《おんる》になり、江戸の地を去って行った。

絵島も、信州《しんしゅう》の高遠《たかとお》藩三万三千石に、

「永の御預け」

となった。時に絵島三十四歳。六十一歳で没するまでの二十七年間を、《囲み屋敷》の八畳一間に押し込められて過ごしたという。

そこでの暮らしは、食事は朝夕の二度で、一汁一菜。酒、煙草《たばこ》、菓子などの嗜好品はおろか、読書も書き物も一切禁止という厳しいものだった。

高遠の冬は寒い。その寒さの中でも、火鉢一つの暖しか許されなかった絵島は、ひたすら法華経《ほけきょう》を唱《とな》えて日を送った。

「今までの権勢が、嘘のようでございますな」

秋元喬知が、図面に目を落としながら言った。

それは、高遠藩が幕府に提出してきた、絵島の《囲み屋敷》の見取り図だった。城内はまかりならぬ、という幕府の意向に従い、高遠から少し山に入った非《ひ》持村《じむら》に建てられていた。

「錠前を外さねば、八畳間から出ることも叶わぬのか」

井伊直該の声音には、張りがなかった。

「悔いはござらんでしょう。すでに生涯の夢は見ておりましょうほどに……」

秋元喬知は、ことさら冷徹に言い放った。

「……そうだの」

直該が高遠の地を選んだのには、理由《わけ》があった。

高遠藩の藩主・内藤駿河守清枚《ないとうするがのかみきよかず》が養継嗣として内藤家に入り、三万三千石の領主となった折、幕閣の中枢にいた直該が便宜《べんぎ》を図ったことがあった。

その折に、内藤清枚の人となりに感ずるところがあった。

(清枚ならば、無体《むたい》な扱いはしないだろう)

だからこその、高遠への御預けだった。

直該は、月光院を頂点とする月光院派と呼ばれる者たちを嫌っていた。幕閣の頂点である大老の職を剝奪《はくだつ》したのも彼らだ。彼らを嫌うことは、人後に落ちないと心得ていた。だが、一人絵島のことを思うと、一抹の哀れを感じざるを得なかった。

(ここら辺りで、もうよい)

という心境だった。

直該の思いは、清枚の跡を継いだ頼卿《よりのり》の代になると結実する。幕府に運動するようになるのだ。

享保四年(一七一九)には、《囲み屋敷》を城内に移築することを幕府に願い出、受理されている。さらに、享保八年には、尼にするからと恩赦を願い出たのだが、これは拒絶されている。

拒絶したのは、吉宗政権だった。

簡略を推進する幕府の方針と、役者買いをした大奥御年寄は相容れなかったのだ。

「これで月光院様も、少しは堪《こた》えられたことでございましょうな」

喬知は、大老を辞任させられて以来、今一つ覇気がない直該を煽った。

「そう願っておるのだがの」

直該の声には、相変わらず張りがなかった。

絵島の一件にかかわっている間にも、幼将軍家継は風邪をひいては、熱を出していた。

（そのことか？）

喬知は、声を低め、

「不謹慎とは存じますが」と言った。「御継嗣のこと、急がねばと心得ておりまする……」

「御三家の動きで、但馬殿の耳に入って来たことはござらんか」

「尾張様のことは？」

「内紛が絶えぬそうだな」

尾張徳川家は、吉通が逝き、その嫡男の五郎太も没したため、吉通の実弟・継友が家督を相続していた。藩主が代わるのは、頭をすげ替えるだけの話ではない。主従が大挙して入れ代わることを意味する。

吉通派が五郎太派に取って代わられ、その五郎太派も継友派に追い出されるという案配だ。当然、手にした地位への固執が起こる。

「身共《みども》も気を遣ったわ。もっとも、親父の返り咲きでは内紛にまでは至らなかったがの」

「紀伊様がこと、如何《いかが》思われます？」

と、喬知が訊《き》いた。

「内紛の話は漏れて参りませぬが」

「あそこは上手くいっておるようだの。綱教派、頼職派の動きも聞こえなんだわ」

「頼職派が静かだったのには、驚きました。薨《みまか》りました折は何やら噂が立ち申したが、あれだけ静かだと、あの噂も信じられなくなりますな」

村尾外記一派への粛清は、外記らが先に致仕《ちし》していたがために、紀州藩としては何事もなかったかのように取り繕うことが出来ていた。

「中納言様（吉宗）はお幾つにおなりかの？」

「三十一歳かと存じます」

「働き盛りだの……」

「実《まこと》に」

喬知は、直該がさらに一歩踏み込んだ発言をするのかと待ったが、元大老の口から出た言葉は、

「もし中納言様が本丸に入られたとしたら、あの連中など手もなく捻《ひね》られてしまうであろうの」

だった。

あの連中とは、『絵島事件』に際して何の役にも立たなかった土屋相模守政直、阿部豊後守正喬ら老中たちのことだった。

喬知も、老中たちを悪し様《あざま》に評したかったが、口を閉ざして応じなかった。憚《はばか》られたのである。阿部正喬は直該の娘婿に当たった。

「家柄が、幕府を潰すやも知れぬな……」

と呟いた直該は、この年から三年後の享保二年（一七一七）に幕府に捧げた生涯を閉じる。

秋元喬知は、三年どころか、一年ももたず、この年の八月に没した。

『絵島事件』に絡んだ大老と一人の老中が幕閣から去る中で、目付の稲生次郎左衛門だけは、着実に出世の道を歩み続けた。

一方、残された老中たちに、譜代勢力の復権を餌《えさ》に近づいてくる者があった。吉宗である。

吉宗の野望

『絵島事件』の翌年、正徳五年（一七一五）になると、将軍継嗣の問題が焦眉《しょうび》の急《きゅう》となる。

まず動いたのは、家宣の正室・天英院だった。天英院は、家宣の実弟・松平右近将監清武《きよたけ》を推した。松平清武は、叔父・綱吉の後を襲封し、上野国《こうずけのくに》館林の宰相となっていた。

（自分の意の届く者を将軍に据えれば、権勢を得られる）

と考えた末の人選である。実弟であるから、血筋の濃さには問題はない。

ところが――。

「右近将監様を御継嗣にとは、如何なる御存念あってのことか」

と、天英院に嚙み付いた者がいる。間部越前守詮房だった。

松平清武は、母親の胎内にいるときに、母・お保良《ほら》の方《かた》が家臣・越智喜清《おちよしきよ》に嫁ぎ、その後に生まれた子供だった。長じては、越智の家督を継ぎ、甲府藩士として仕えていたこともある。

「一旦家臣となった者を、将軍職に推挙するのは御無理がござろう」

間部詮房の筋は通っていた。

「浅知恵でござる」

詮房は得意になって、月光院に事の決着を説いた。

「さすがは越前殿、鋭いものよ」

月光院が美酒に酔ったのも束の間《つかま》、天英院は次の継嗣候補者を挙げてくる。家宣の遺言に記されていた尾張藩四代藩主吉通の実弟である継友だった。このとき継友は、五郎太の跡を継ぎ、既に六代藩主となっていた。

(亡き文昭院《ぶんしょういん》(家宣)様が推挙した吉通の弟なのだから、今度は文句はあるまい)

天英院の論旨には隙がないように見えた。土屋相模守政直、阿部豊後守正喬《まさたか》、そして前年新たに老中となった戸田《とだ》山城守忠真《ただざね》ら幕閣の重臣たちには、

(継友になれば、またぞろ側近政治になるであろう)

という危惧《きぐ》はあったが、天英院の意向を否とするだけの論拠がなかった。

「何としよう?　知恵はないか」

焦っているのは月光院だけではなかった。詮房も、継友に将軍になられては、どのような仕打ちが待っているか判ったものではない、と苦慮していた。継友の実兄・吉通の将軍職への道を遮《さえぎ》ったのは、他ならぬ新井白石だ。

(そうだ。白石に考えさせればよいではないか)

詮房は急遽白石を喚《よ》び出すと、打開策を尋ねた。

「先の上様の御遺言を楯《たて》に継友様を推挙なされるのなら、こちらも御遺言を楯に取ればと考えます」

「もそっと、判りやすく言うて貰えませぬかな」

詮房は苛立ちを隠しながら言った。

「御遺言にあるは吉通様であって、ただの一言も継友様の御名については記されておりませぬ」

詮房は、虚を衝かれ、瞬間惚《ほう》けたように口を開けた。

「気づきませなんだわ」

簡単なことだった。継友の名は書かれていない。この一言で、天英院の意向を覆《くつがえ》せるではないか。

「某《それがし》もでござる……」

白石が、呟いた。

「何と言われた？　白石殿」

「夢を見たのでござるよ。越前殿とこのように話をしている夢をな」

「…………」

「起きて考えているときにはまったく思い浮かびもせなんだ、継友様御推挙を覆す盲点を、夢が教えてくれ申した」

「いや、それは立派な白石殿が手柄でござろうて。夢は白石殿がものでござるからの」

詮房に誘われ、白石も似合わぬ笑みを漏らしたのだが、どこか釈然としないものが胸のうちに残った。夢に教えられたのは、初めての経験だった。


「そうか。白石が首を捻《ひね》りおったか」

吉宗は身体を揺するようにして笑った。

「天下の白石も、草刈にあっては、童《わらわ》も同然だの」

室の草刈は《御座之間》の《入側《いりがわ》》（縁側にある畳敷きの廊下）にいた。《夢《ゆめ》傀儡《くぐつ》》を白石に掛けた結果を、言上に来ていたのだった。

「ご苦労であった。ゆるりと休んでくれい」

草刈は小さく頭《こうべ》を垂れると、庭の闇に消えた。

「よく見抜かれました。さすがは殿と感服致しております」

小笠原主膳が、家宣の遺言の攻め口を見つけた吉宗を持ち上げた。

「絵図がお陰よ」

「と、仰せられますと?」

加納角兵衛が尋ねた。

「絵図には、現《うつ》し世《よ》の万分の一しか描かれてはおらぬ。だが、そこから現し世の具合を想像するわけだ。描かれているものから描かれていないものを探し出す。これは習練の賜物ぞ」

「今後は、殿が絵図を広げておられる折は、何があろうと御遠慮申し上げることに致しましょう。のう?」

角兵衛が、有馬四郎右衛門に同意を求めた。

「ぬかしたわ」

吉宗は再び大声を発して笑うと、

「ここで継友なんぞに攫《さら》われては、堪《たま》らんからの」

「まだまだ御油断は禁物でございます」

四郎右衛門は、尾張という家名に力を込め、

「天英院様や老中方に、何やら働きかけている由でございます」

「《薬込役《くすりごめやく》》が調べおったか」

《薬込役》とは、紀州の家臣の内、隠密調査をする役目の者で、後に吉宗に従っ

て幕臣となる。後世、《御庭番《おにわばん》》と呼ばれるようになるのは、この者たちのことである。隠密調査をするといっても、変装して見張るとか、噂を集めるような働きが多く、根来衆のような荒業をするわけではない。名称の由来は、鉄砲に薬や弾丸を込める役であったところからきている。

「本日、川村弥五左衛門《かわむらやござえもん》以下明楽樫右衛門《あけらかしえもん》、村垣吉平《むらがききっぺい》らが確《しか》と見届けましてございます」

「尾張もなかなかに遣《や》りおるが、違っておるな」

「……それは？」

角兵衛が訊いた。

「間部詮房。あやつが鍵だ」

考えてもみよ、と吉宗は言った。大奥へ自由に入れるのは、間部詮房一人ぞ。

「儂が頭を下げても、《御錠口》は潜《くぐ》れぬわ」

だからだ、と吉宗は、もう一度詮房の名を口にして、

「あやつと通ずれば、大奥は儂の意のままになる」

「ではございますが」と、四郎右衛門が言った。「月光院様は動かせても、天英院様と月光院様は不仲でございますゆえ、却《かえ》って……」

「大奥の女房殿たちにはな、確たる考えなどないわ。あるは、贅沢《ぜいたく》出来るか否かだけであろうて」

「さすれば、権勢と金銀を保証すれば……」

「そうよ。今二人が張り合《お》うておるのも、贅沢をし続けたいがためよ」

「うむっ」

四郎右衛門は唸り声を上げた。

「仰せの通りかと存じます」

「明日登城したら、詮房奴《め》の顔でも見てやろうかの」

吉宗は素焼きの湯呑みを手にすると、白湯《さゆ》を一息に飲み干して、

「儂より、詮房らのほうが、会いたがっておろうよ」

と、事もなげに言った。

素焼きの湯呑みは、普段まで家紋入りの湯呑みを使うのは無駄だからと、吉宗が取り替えさせた、簡略を心がけた実質本位の品だった。

ところで――。

吉宗はどうして、詮房のほうが会いたがっていると考えたのか。

天英院は積極的に、幕閣の連中は消極的にだが、尾張をと考えている。

ならば、月光院と詮房は、尾張以外の誰かに白羽の矢を立てるしかない。

（儂しかおらぬではないか）

簡単な引き算だった。水戸の綱條《つなえだ》は六十歳。将軍職に就くには余りに老いていた。

ちなみに、吉宗は三十二歳、継友は二十四歳だった。

明くる日、登城した吉宗に、奥坊主組頭が目を合わせないようにと背を丸めて近づいて来、

「間部越前守様からでございます」

と、小さく折って結ばれた紙片を差し出した。

それには――。

差し支えなくば、未の正刻（午後二時）に二の丸庭園にてお目にかかりたい由が書かれていた。

「委細承知とお伝え下され」

「畏《かしこ》まりましてございます」

何かのときには役に立つであろうからと、吉宗は家督を継いだときから、表坊

主衆や奥坊主衆らに過分な祝儀や付け届けをしていた。城に上がれば、いっかな御三家、大大名《だいだいみょう》といえども、供の者は近くに置けない。便利に使うがための配慮だった。

（今になって役に立ったか）

奥坊主組頭は、廊下の隅を、上体を微動だにせず滑るように走って行った。《白書院》の脇を抜け、《溜《たまり》の間》のほうに向かっている。側用人の部屋は、そのさらに奥にある。

（焦っておるな）

間部詮房の動きの早さに、吉宗は確かな手応えを感じた。

一刻半の後――。

吉宗の姿は、二の丸の庭園にあった。

一歩遅れるようにして、詮房が、呼び出した非礼を詫《わ》びている。

「不躾《ぶしつけ》な申し出、平に御容赦のほどを」

「いやいや、越前殿、このようなときでもなければ、遠州《えんしゅう》が庭を愛《め》でることもなかろうて」

寛永十三年（一六三六）に、小堀《こぼり》遠州がつくった回遊式の庭園だった。池をぐるりと廻る道すがらには四阿《あずまや》があり、借景として二の丸御殿を松林越しに望むことが出来た。詮房が、四阿のほうを指し示してから、後に続いた。

「越前殿は、遠州が庭には詳しいかの？」

「いえ、まったく……」

「庭に意味など込められても、判らんのう」

詮房が小さな笑い声を立てた。

「まことに、左様でござりまするな」

「阿部豊後《あべぶんご》が苦労、察するに余りあるの」

正保《しょうほう》二年（一六四五）、時の老中・阿部豊後守忠秋《ただあき》は、家光により二の丸庭園の改造を命じられた。名にし負う遠州の庭を直すのである。辞退したが聞き入れられず、頭を抱えたという。

「逃げ出せれば楽なときは、あるものでござりまするな」

「許されればの」

話に生臭さが漂い始めた頃に、四阿に着いた。

詮房が腰を折るようにして吉宗の前に回り込み、入り口脇に控えた。

「野趣に富んでおるな」

吉宗は四阿に寸評を下してから、中に入った。本題を詮房に話させるまでは、悠然と構えていることが最善の策と心得ていたからだった。

「ところで……」

と遅れて入って来た詮房が、口を開いた。

「それで、殿は何と仰せに？」

吉宗の話を中ほどまで聞き終えた小笠原主膳が、老人の気短さで先を促《うなが》した。

「間部の家は、未来永劫安泰だとな。これからも良しなに頼む、とも言っておいたわ。口は重宝なものよ」

主膳は大きく頷くと、膝をひとにじり進めて、

「月光院様がことは？」

「権勢が衰えるような真似はせぬ。暮らし向きについては、今を凌駕《りょうが》する十二分の金と米を用意するゆえ、懸念には及ばぬ、とな」

「さすが、殿でございます。これで月光院様と越前守様は、こちらのものでございますな」

「そこで、詮房奴に切り出してやったわ」

天英院に対する工作だった。天英院が松平清武、尾張の継友と矢継ぎ早に推挙するのは、ひとえに自分の権勢を保つためである。そうであるならば、継友である必要はない。儂が天英院様の顔が立つよう保証する、と吉宗は、間部詮房に根回しを依頼したのだった。

詮房にしても、敵対する者はいないほうがいいのは当然だった。話がつけば、身分の保証と大奥の信頼が厚くなる。

「任せろと、ぬかしおったわ」

「重畳の仕儀、安堵《あんど》致しました」

「うむっ」

吉宗は気持ちよさそうに白湯を飲んでいたが、ふと手を止め、

「心許ないの」

と言った。

「あやつの駆け引きだけではの……」

吉宗は眉間《みけん》に皺《しわ》を寄せ、打つ手を考えている。

「では」と、有馬四郎右衛門が言った。「京に誰ぞ気の利《き》いた者を送りましょうや？」

京には、天英院の実父である関白・近衛基熙《このえもとひろ》がいた。

それだ、と吉宗は声に出し、

「よくぞ、気づいた」

使者に立ったのが、御小納戸役・田沼意行《もとゆき》だった。賄賂《わいろ》政治で有名な田沼意次《おきつぐ》は、意行の嫡男である。

「簡略してきたは、このときがためぞ。狙うは四百万石だ。五十五万五千石、全部くれてやっても惜しくはないわ」

言い放った吉宗は、ふっと息をつく間もなく水戸の名を口にした。

すでに吉宗の心は水戸家の工作に移っていた。

（新たな下知があるやも知れぬ）

主膳、四郎右衛門、角兵衛の三人は身構えた。

「内情は、酷《ひど》いものだそうだな」

「ようやく」と、加納角兵衛が言った。「一揆《いっき》が収まったと、聞き及んでおります」

水戸藩では、先代の藩主光圀の代から財政は極度に悪化していた。光圀が、財政のことを何も考えず、『大日本史』の編纂《へんさん》に湯水のように金を注ぎ込んでいたからだった。

幕府に拝借金を願い出るやら、御用商人らに御用金を掛けるなどしていたのだが、抜本的な改革をと宝永六年に藩政改革を断行した。運河の開削などである。しかし、苦役に出された農民が反発、水戸藩全領土挙げての一揆となった。

「御当代様（綱條）は、すっかり政《まつりごと》に嫌気がさしておられるとか」

「餌を撒くか」

「今、我が殿に恩を売っておけば」と、四郎右衛門が呟くように言った。「幕府の援助は望むがまま……」

「それよ」

吉宗は、どうであろう、と主膳に訊いた。

「観能会にでも誘うか、水戸殿を」

「催しますので？」

「やらぬわ。能はつまらんし、費用《かかり》も無駄であろう」

「はっ？」

主膳は言葉の接《つ》ぎ穂《ほ》を失い、四郎右衛門と角兵衛を見た。

「其の方を出向かせる口実だ」

水戸の三代藩主綱條は、水戸家上屋敷の《御座之間》にいた。

紀伊和歌山藩の家老・小笠原主膳が、辞を低くして退出したところだった。

（余の言葉には万金の重さがある、と言いおった）

水戸から吉宗の名を切り出せば、如何に含むものがあろうと誰も逆らえはしない、とも。それが幕政における水戸徳川家の権威だと、綱條には判り過ぎるほど判っていた。

だからこそ――。

（余とても木石《ぼくせき》ではない。一度は将軍職に就いてみたかった）

という気持ちも、わずかにだがあった。

だが、と綱條は、目の前に掌を翳《かざ》してみる。

（年を取り過ぎた）

己が余命と養継嗣・鶴千代《つるちよ》の年を考慮すると、水戸の家を離れることは出来なかった。鶴千代は、まだ十一歳だった。

（ここは鶴千代がためにも、吉宗に貸しをつくるが賢明であろう）

綱條の思案は、そこに落ち着いた。

八代将軍・吉宗

吉宗は水戸の綱條に働きかけると、返す刀で幕閣の切り崩しを始めた。

元大老・井伊掃部頭直該《かもんのかみなおもり》が、

「手もなく捻られてしまう……」

と嘆いた老中・井上河内守正岑《いのうえかわちのかみまさみね》、久世大和守重之《くぜやまとのかみしげゆき》、土屋相模守政直、阿部豊後守正喬《まさたか》と、新たに老中職に就いたばかりの戸田山城守忠真《ただざね》らであった。

井伊直該が危ぶんでいたように、彼らは吉宗の敵ではなかった。

吉宗の撒いた〝撒《ま》き餌《え》〟に、すぐに食らいついたのである。

・譜代の臣の復権

・側近政治の廃止

・間部詮房、新井白石の罷免

この三点を呈示して各藩邸を密《ひそ》かに回ったのは、家老の小笠原主膳だった。老中たちが待ち望んでいた条件である。否やはなかった。吉宗擁立に協力することを、全員が即座に申し入れた。

それぞれが吉宗の誘いに乗ったこの年、正徳五年（一七一五）は——。

井上河内守正岑、六十三歳。老中在職十年目。七年後に没。

久世大和守重之、五十七歳。老中在職二年目。五年後に没。

土屋相模守政直、七十五歳。老中在職二十八年目。三年後に職を辞し、七年後に没。

阿部豊後守正喬、四十四歳。老中在職四年目。二年後に免職となり、三十五年後に没。

戸田山城守忠真、六十五歳。老中在職一年目。十四年後に没。

という年回りだった。

五名のうち三名は、七年以内に没するのである。これが、名誉職となっている老中の実態だった。老いを長老という美名で飾っている。

吉宗は三十二歳、脈動も違えば、見る夢も違い、美名とは無縁の世界にいた。

そして、年が明け、正徳六年を迎えた。

年賀の客が帰った夜、家老の小笠原主膳、御用役の有馬四郎右衛門、加納角兵衛を前にして、

「まだご存命であらせられるらしいの」

と、微醺《びくん》を帯びた吉宗が言った。

「上様に期待したのは、これが初めてぞ」

三月の声を聞くと月光院は、庭で酒宴を催そうと言い出した。

僧侶の娘として町屋に育った月光院は、まだ三十二歳だった。冬の間、座敷に暮らしていた反動で、外気が恋しくて堪らなくなっていたのだった。

「少しなら、よいであろう？」

奥医師を無理にも承諾させ、家継を伴《ともな》い、三分咲きの桜を愛《め》で、五分咲きの桜を楽しんでいたのだが、春先の風は冷たい。

「何とした？」

昨日まではうるさいほどに声を発していた家継が、今朝からは妙に静かである。

「聞き分けがよいの」

月光院は、これ幸いにと花見を催したのだが、家継が突然のように震え出した。

「法眼《ほうげん》殿を早く」

奥に取って返し、床の周りに熾《おき》の積まれた火鉢を配した。

「くれぐれも、御用心が上にも御用心をなされますよう」

奥医師は風邪による発熱と見立て、調合した薬をおいて、奥から去った。

家継は顔こそ熱気《ねっけ》で赤いものの、静かな寝息を立てている。

「案ずるほどではなかったようだの……」

家継は翌日には熱も下がり、細いながらも食欲を見せた。安堵した月光院は、寝ている家継に言い聞かせた。

「次の五の日にも、花見をしようの？」

二十五日の夜になり、またもや家継は熱を発した。四日経っても熱は引かず、月光院を見る目にも、はっきりと判るほど力がなくなっていた。

「何とかならぬのか」

奥医師に金切声を浴びせている間に、家継は重態に陥《おちい》った。

「城中より、火急《かきゅう》の御召《おめ》しにございます」

「何⁉」

赤坂の藩邸で弓を引いていた吉宗は、時が来たことを瞬時に察知した。他の用で、火急を要するものはない。

（待っておったわ）

吉宗は高鳴る胸を抑えながら、

「湯漬けの用意を致せ」

と、有馬四郎右衛門に命じた。

「長い夜になろうぞ」

吉宗が登城したとき――。

すでに尾張の継友も水戸の綱條も登城していた。御三家だけではなく、部屋には側用人の間部越前守詮房と老中たちも揃っていた。

表坊主に導かれた吉宗が姿を現し、中段の間に腰を降ろすのを待ち兼ねていたように、間部詮房が、

「上様、御重態にございます」

と、深く頭を垂れた。

「実《まこと》でござるか」

吉宗は一同を見回した後、詮房に尋ねた。

「……打つ手はござらんのか」

詮房は、今法眼殿らが懸命に、と答えるのがやっとで、後は言葉をなくしていた。

「左様か……」

吉宗は目頭に指先を当て、深く憂慮しているかのように見せかけた。

上体を動かす衣擦《きぬず》れの音が、吉宗の耳に届いてきた。顔を見合わせ、上体を折り、合図を送る——。

(あれだな)

と吉宗は、光景を耳で読んだ。

「では」

と詮房が、誰かを促している声が聞こえたのを潮に、吉宗は目を開けた。老中最古参の土屋相模守政直が、居住まいを正していた。詮房は、土屋政直の一挙手一投足に目を配っている。

「紀伊中納言様」

と土屋政直が、格式張った声を発した。

「天英院様の御意をここにお伝え申し上げます。『紀伊中納言に御後見職を命ずる』とのことでございます」

一同の視線が、吉宗に集中した。内側から込み上げてくる快感が、吉宗の身体を貫《つらぬ》いた。

「御異存はございますまいな？」

あろうはずがなかった。この瞬間のために生きてきたのだとさえ、吉宗は思っている。だが、吉宗は即答を控えた。背筋を伸ばし、凝《じ》っと端座したまま、吉宗は一同の者たちを見返した。

傍目《はため》にも判るほど、尾張の継友の身体が小刻みに震えていた。袴《はかま》を握り締めた拳《こぶし》は、血の気が引いて白くなっている。

（うぬが才覚で将軍職が取れるか）

吉宗は目の隅に捉えていた継友の像を捨て、

「お待ち下され」

と、土屋政直に答えた。

「余りに突然な御申し出、ただただ面食らうばかりでござる」

「天英院様の御意志とは、取りも直さず文昭院様（家宣）の御遺命でございまするぞ」

「ありがたき御言葉なれど、某《それがし》の任ではございませぬ」

吉宗は、辞退して見せた。家格で言えば御三家の長兄格である継友が、年齢で言えば水戸の綱條が適任だとして、受諾を固辞したのである。

吉宗は、将軍職に就いてからのことを考えていたのだった。求めて将軍になったのではなく、推《お》されて仕方なくなったのだから、多少の遣り過ぎに文句は言わせぬ。この事実をつくり上げるための拒否だった。

「紀伊殿のお気持ち、ありがたく存ずるが、これは文昭院様の御遺命なれば、受けるが務めではなかろうか。のう、尾張殿？」

綱條に返答を求められた継友は、

「……いかにも」

と声を押し出すようにして答えるのが、精一杯だった。

六十一歳の綱條が、二十五歳の継友にして見せた、意地の悪さである。恩を売るには、それ相応の手管が必要であることを、六十一歳の老人は知っていた。

吉宗に大奥の天英院から御召《おとさた》しが掛かったのは、そのときだった。もう決まってもよさそうなものなのに、何の音沙汰もない。どうしたのかと訝《いぶか》っての、召し出しだった。

土屋政直が先に立ち、吉宗を挟んで詮房が続いた。《御錠口》から入った三人は、奥の御坊主に案内され《御鈴廊下》を通り、天英院の御座所に向かった。

（これが本丸の大奥か）

吉宗は額《ひたい》に汗が浮きそうになるのを懸命に堪えた。吉宗にとっても、江戸城の大奥は異界だった。

平静を装おうと、吉宗は歩みを遅らせ、詮房に近寄り、

「上様は、それほどにお悪いのか」

と小声で訊いた。

詮房は、すでに、と答えると、首を横に振って見せた。

（……それでは）

後見とは口先だけのことではないか。

吉宗は、この瞬間、自分がどこをどう歩いているのか判らなくなった。吉宗が、生涯にただ一度、茫然《ぼうぜん》として我を忘れた瞬間だった。

「中納言様、こちらへ」

土屋政直に促されて、はたと気がつくと、天英院の御座所前まで来ていた。

座敷の上段の間には、二人の御小姓を従えた天英院を中央にして上臈《じょうろう》と御年寄が、下段の脇には二人の中臈《ちゅうろう》が控えていた。

た。

「もそっと近《ちこ》う」

吉宗は、御年寄の白い掌で指し示された下段の間の中ほどで手を突き、平伏した。

土屋政直が、吉宗と雁行《がんこう》する位置まで進み出て、早速に今までの経過を述べている。その間、詮房は、下段の入口近くでただひたすら平伏の姿勢をとり続けていた。

天英院は土屋政直が話し終えるのを待ち、

「中納言殿」と、言葉を掛けた。「文昭院様が御遺命、受けてくれるの？」

だが、ここでも吉宗は確答を避けたのだった。

（今さら何を？）

という思いが、天英院の表情にはっきりと見て取れた。

（根回しは裏のこと。これは表のことでござりまする）

吉宗は口に出して言いたかったが、出来る話ではない。黙って頭を下げた。

辞退の言葉を聞こうとは思ってもいなかった天英院は、瞬間どうしようかと迷ったが、

（いずれは、承諾するのだろうから）

と、用意しておいた熨斗鮑《のしあわび》を手に取って、下段まで足を運び、自ら手渡した。熨斗鮑は、祝い事の贈り物である。

そこで天英院は、

「御辞退の儀、まかりなりませぬぞ」

と、厳命するのである。この熨斗鮑の一件と駄目押しの一言で、天英院は結果的に吉宗の駆け引きに多大な力を添えたことになる。

吉宗が《表》に戻るや、水戸の綱條が、

「尾張殿に遠慮しておられるのなら、御無用でござるぞ」

と、声高に言った。

「尾張家は、五郎太君で一旦血筋は切れてござる。今の継友殿は、新家同然でござるによってな」

(何を言われるか!)

継友は、喉まで出かかった言葉を、血が逆流する思いの中で呑み込んだ。兄が没して、弟が継ぐ。それは紀伊の家も同じではないか。しかし、吉宗一辺倒になっている場では、言い出せなかった。

綱條に次いで、詮房が説得を始めた。

「天下の御為と心得、御受け下され」

今この時代に必要なのは紀伊様なのだ、と詮房の説得は続いた。

（ここまで言わせれば、充分であろうて……）

吉宗は、自分を推す美辞と麗句を神妙な態度で聞き終えると、

「判り申した」

と、頷いてみせたのである。

「もはや重ねての思案は、見苦しきのみと存ずる」

「おうっ」

という溜め息に似た声が座敷に溢《あふ》れた。この場にいて、声を発しなかったのは、継友ただ一人だった。

この後吉宗は、

「公方様ゆえ」

と、綱條に押されるようにして上段の間に導かれたが、すぐに中段の間に降り、以降は綱條にいかに勧められても上段の間には上がらなかった。

明けて四月三十日、家継崩御《ほうぎょ》とともに、吉宗が将軍職を継ぐことが大名たちに

報じられた。

吉宗は後見職ではなかった。

家宣の遺言には、長福丸を将軍にし、吉宗を後見にと書かれていたが、それは老中らの手によって、有耶無耶《うやむや》のうちに揉《も》み消されてしまっていた。

たとえ老中らが遺言を楯に幼君擁立を主張しようとも、つまるところ吉宗が前面に出てくるのは判り切っていた。要は、この危機に瀕《ひん》する幕府の財政を再建出来うる腕のある者は誰か、という議論なのである。

老中たちにしても、これまで誰一人として、己が藩の財政改革に成功してはいなかった。藩政改革を断行し、見事再建に漕ぎ着けたのは、吉宗ただ一人なのだ。ならば、幕府財政を、吉宗の手に委《ゆだ》ね、思うさまその手腕を振るって貰おうではないか。

老中たちが、結局は吉宗支持に傾いたのは、吉宗が提示してきた条件にも因はあったが、ここにもまた大きな要因があったのだ。

だが、ここに一人鬱屈《うっくつ》として晴れない男がいた。尾張藩主継友である。

将軍位奪取に敗れた継友は、このときの屈辱を忘れようと努めるのだが、努めれば努めるほど悔しさは募《つの》り、やがて——。

「殺せ」

吉宗に刺客《しかく》を送ることになるのである。

第三章　改革の息吹

吉宗体制の確立

吉宗が将軍の地位に就《つ》いたとき、幕府の財政は完全に疲弊《ひへい》し、破綻《はたん》していた。家康の莫大な遺産は、ことごとく遣《つか》い果たされてしまっていたのである。

遣ったのは、綱吉だった。

護国寺《ごこくじ》、知足院《ちそくいん》（護持院《ごじいん》）、湯島聖堂の建立《こんりゅう》、そして上野寛永寺根本中堂《うえのかんえいじこんぽんちゅうどう》の造営など、寺院や学問所の建設のみならず、お犬様のための総檜造《そうひのきづく》りの犬舎にと金を遣い続け、綱吉が没したときには、幕府の負債額は百八十万両に及んでいたという状況だった。

綱吉、家宣《いえのぶ》の二代にわたり、勘定奉行として仕《つか》えた者に荻原重秀がいた。金銀銅の産出量の減少に気づいた荻原重秀の発議により、四度を数える貨幣の改《かい》鋳《ちゅう》が行なわれ、都合五百万両の出目《でめ》を稼ぎ出した。出目とは、改鋳に際して生ずる益金のことである。この不労所得ともいうべき出目で、何とか破綻を免《まぬか》れていたのだが、改鋳という糊塗《こと》政策に頼らざるを得なかったのが、時の幕府だった。貨幣の質を落とすことで、目先の利益は得られたが、諸物価を高騰させてしまうことになる。

質を落とすから貨幣の信用をなくすのだと唱えたのは、新井白石だった。そこで白石は、貨幣の質を向上させる改鋳を目論《もくろ》むのだが、理論と現実は違い、町屋に住む町人たちから信用を取り戻すことは出来なかった。庶民感覚と遊離した、学者の発想の敗北だった。

しかし、幕府の財政破綻は一人綱吉の責任ではなかった。

時代が大きく動いていたのである。

武士の時代から町人の時代への〝うねり〟である。

この頃になると、参勤交代の制度化に伴《ともな》って街道が整備され始めた。交通網が整うと、商品が流れるようになる。商品が動けば、商人の台頭を招くのは自然の成り行きで、消費社会を背景に町人が経済の要を握るようになった。貨幣経済が、それまでの米経済を凌駕《りようが》し始めたのだ。

これは、幕藩体制にとって由々《ゆゆ》しき問題だった。

武士は俸禄《ほうろく》として米を貰《もら》い、それを金に換えて商品を求め、生活をしている。石高《こくだか》制社会は、米価に諸物価が追随《ついずい》する形で動けば健全に機能するのだが、それが食い違うと根本から崩れてしまう。米の値段は下がるのに、諸物価は下がらないという食い違いが顕在化し始めた。

武士の生活が成り立たなくなる――。

そこに登場したのが、吉宗だった。

江戸城二の丸に入った吉宗は、門閥譜代《もんばつふだい》の臣たちと約束した側近政治の元凶である《側用人》の職制を廃止した。

すなわち間部越前守詮房《あきふさ》の罷免《ひめん》である。五月一日に将軍職に就いて、わずか十六日目のことだった。間部詮房に伴い、先代、先先代から仕えてきた新井白石も儒臣としての地位を解かれた。

「これでは、約束が……」

と思ったのか、

「やむなし」

と思ったのかは不明だが、職を解かれた詮房に、幕閣《ばっかく》から切腹の声が強く出されていたのは事実だった。

吉宗は、それらの声を無視して、詮房を翌年上野高崎《こうずけたかさき》から越後村上《えちごむらかみ》へ転封《てんぽう》するに留めている。吉宗は詮房と約束したように、間部の家名が、

「永《なが》く立ち行く」

よう配慮したのだった。

さて、《側用人》を廃止した吉宗は、門閥譜代の臣の喜び勇むのをよそに、それに替わる役職として《御側御用取次《おそばごようとりつぎ》》を新設する。

職務に就いたのは、紀州家家老であった小笠原主膳胤次《たねつぐ》と、御用役の有馬四郎右衛門氏倫《うじのり》と加納角兵衛久通《ひさみち》の三人だった。

これまでの側近くに仕えた者との扱いの違いは、三人に破格の禄を与えなかったところである。松平（柳沢）吉保の二の舞いを恐れたのだった。

「呆《あき》れたわ」

吉宗は、三人を前にして、大仰《おおぎょう》に嘆《なげ》いて見せた。

「儂《わし》が跡を継ぐと、金蔵はいつも空《から》だの」

「いっそ、気持ちが良いではありませぬか」

小笠原主膳が、強気に言ってのけた。

「上様のご才知をもってすれば、必ずや昔日のごとく相なりましょう」

「簡単に言うてくれるわ」

二の丸の《御座之間》に笑い声が弾《はじ》けた。

それぞれが昂《たかぶ》っていた。幕政に空白の時間をつくるわけにはいかない。紀伊和歌山藩から、どれだけの人数を幕臣に移すのか、それには誰を入れるのか、暫定的なものだったが、人選をしなければならなかった。

「多くは、ならぬぞ」

幕府は、綱吉、家宣と養継嗣《ようけいし》を将軍に据《す》えたため、彼らが引き連れてきた家臣で、幕臣の数が急激に膨《ふく》らんでいた。吉宗が気遣ったのは、このせいだった。

「しかし、ご身辺近くは紀州の者で固めねばなりませぬ。何名おれば、よろしかろうの？」

小笠原主膳が、有馬四郎右衛門と加納角兵衛に尋ねた。

「どうでしょうか。役職ごとに落とし込んでは？」

「賛成だ」

四郎右衛門が角兵衛に答えた。

「上様？」

主膳の問いかけに、吉宗は頷《うなず》いて見せた。

「では、小姓ですが」と、角兵衛が言った。「和歌山藩では十九名を配しておりましたが」

「やはり、同じ人数は必要でしょうな」

　主膳が吉宗の意向を聞いた。

「そうだの」

「小姓十九名は、そのまま幕臣に致しまするゆえ、人選は省《はぶ》きます。次は、小納《こなん》戸役《どやく》でございますが……」

　一刻《いっとき》（約二時間）ほどで、吉宗に近侍する者のおおよその人数が決まった。後は様子を見ながら、加減していけばいい。

「ご苦労であった」

　吉宗は、それが癖《くせ》の、自分で取った書き付けを手文庫に仕舞いながら労をねぎらうと、

「今、考えておったのだがの。またぞろ簡略を命じなければならんのだが、今さら井筒の家紋でもあるまいの。何か耳目《じもく》を集める良い方策はないかの？」

「幕閣のお歴々の耳目でございましょうか」

　主膳が尋ねた。

「当然、かの者たちも含まれおるわ」

「この案には、問題もあるのでございますが……」

角兵衛が、ためらいながら口にした。

「上手《うま》くいけば、効果のほどは大きいかと……」

「気を持たせずに、早《はよ》う申せ」

「大奥に勤める奥女中三、四十名にお暇を出すのでございます。冗費節約ともなりますし、これほど耳目を集める策は他にはございますまい」

「角兵衛」と、吉宗が反射的に言った。「其の方、儂が楽しみを奪う気か」

「滅相《めっそう》も……」

「冗談じゃ」

白い歯を角兵衛に見せている吉宗に、

「しかし、それで大奥が黙っておりましょうか」

と四郎右衛門が、身を乗り出した。

「大奥の反発は目に見えております。大奥を敵に回すは、まだ時期が早過ぎましょう」

「実に、そこなのだ、問題というのは」

と角兵衛が、天井を仰いだ。

「思いつきを申し上げまして、申し訳ございませぬ」

「それでいい」

思いつきを確固としたものにすればいいのだと言って、吉宗は腕を組んだ。

暫《しばら》くして腕を解くと、吉宗は手文庫を引き寄せ、中から書き付けを取り出すと、計算を始めた。

幼少の頃から計算が得意であったので、見慣れた光景だったが、三人は思わず顔を見合わせてしまった。

「角兵衛」

と吉宗が、突然顔を上げて言った。

「其の方の案、貰うぞ」

「しかし、大奥が……」

「黙らせればいい」

「どのようにして、でございましょう?」

主膳が口から泡を飛ばした。

「天英院様と月光院様に、金と米を渡すと約束しておったの」

吉宗が三人を順に見ながら言った。

「昨夜、如何《いか》ほどくれてやるか考えたのだが、額を増やすことにした。天英院様にはおよそ一万両と米千俵、月光院様には八千両と米同じく千俵。これだけの物を毎年与えるのだ。嫌とは言わせぬわ」

「それはまた、何とも多くを……」

主膳は額《ひたい》に汗を浮かせていたが、何かを思いついたのか、音立てて息を吸い込むと、

「するとでございます。何ですか、簡略に反するではございませぬか」

「ところが、簡略になるのだ」

吉宗が絵解きをした。天英院と月光院には多額の金と米を与えるが、大奥全体の費用《かかり》は、二人分の支出を補って余りあるほどに減らす、というものだった。

「成程《なるほど》」

主膳が口を開けたまま、二度三度と頷いた。その主膳の横にいた角兵衛が、御言葉を返す段、御許しを、と言って、

「御切米《おきりまい》や御合力金《おごうりききん》などを減らされた奥女中には、不満を申し立てる者が出て参りましょう。それらの者は、如何《いかが》取り計らうおつもりでございましょうか」

「それは儂ではなく、天英院と月光院が務めであろう」

よいか、と吉宗は言った。

「不満を言う者を諭《さと》し、金品を下し与える。すると、どうなる？　貰った者は、与えてくれた者の傘下《さんか》に入るは必定であろう。そこに権威が生まれるのであろうが。不満を言う者は、二人が押さえてくれるわ。儂らが何もせずともな」

「判りましてございます」

角兵衛が、晴れ晴れとした顔を左右に向けた。

「上様は策士でございますな」

主膳が、首を数回振って見せた。

「参りました」

四郎右衛門が溜め息を吐いた。

「大奥を押さえた将軍として、儂も見直されようて」

吉宗は一頻《ひとしき》り満足げな表情をつくっていたが、俄《にわか》に顔を引き締めると、まだだな、と言った。

「まだ策としては弱い。何ぞ、こう、町屋の者の口の端《は》にまで上るくらいの迫力が欲しいの」

「上様にはお気の毒に存じまするが」と四郎右衛門が、いかにも言い辛《づら》そうな顔をして、「奥女中の中から見目形《みめかたち》が衆に優れた者を選び出し、その者に暇を出すのでございます」

「其の方ら、何やら嬉々として話しておらんか」

「いやいや、久し振りに頭の回りやすい話でござりまするわ」

主膳は、瞬間崩した相好《そうごう》を整えると、選んだ理由でございますが、と言った。

「見目形が優れていれば、家に戻りても、嫁ぎ先はあろうゆえ、というのは如何《いかが》ですかな」

「冴《さ》えておりますな、御家老」

「家老ではない」と主膳が、扇子《せんす》の先で畳を叩《たた》き、角兵衛に言い渡した。「今は同輩だ」

「いかさま」

吉宗が、捌《さば》くようにして言った。

「妙案が出たわ。主膳、其の方早速大奥の御年寄に、見目形の良い者五十名を書き出すように申し伝えい。理由を訊《き》かれたら、にっこり笑っておけばよい。勝手に想像するわ」

「心得まして、ございます」

「ちと寂しい気もするが、どうも儂は見目より体力を好むゆえ、まあ、良しとしよう」

吉宗に合わせ、主膳、四郎右衛門、角兵衛は遠慮なく声を出して笑ったが、内心は吉宗の趣味の悪さに辟易《へきえき》していた。和歌山藩主時代には、米俵《こめだわら》を二俵抱えた女を見て、丈夫な子を産めるだろうからと側室に迎えたことがあった。

「老中ども、目を丸くしますぞ」

と、主膳が取り繕《つくろ》うように言った。

「そこを見計らって、簡略のこと、伝えると致しましょう」

「その老中どもだがの」と吉宗が言った。「首根っこを押さえ付けてやろうと策を練ったわ」

その策とは――。

土屋相模守政直ら老中を一堂に集め、それぞれに質問することだった。

「江戸城には櫓《やぐら》が幾《いく》つあるのか」

「天領から納められる年貢《ねんぐ》の総高はどれくらいになるのか」

内容は簡単なものであったが、吉宗が想像していたように、問いに答えられない老中がほとんどだった。

「早速にも調べまして……」

「役の者に任せておりましたので……」

額に玉の汗を浮かべる老中たちの中で、一人土屋政直が、老中の体面《たいめん》を保てる程度に答えられただけだった。

(これで、口出しはさせぬぞ)

吉宗は、確実に優位に立っていく自身《おのれ》を感じ取っていた。

吉宗の出た後の紀伊本家だが——。

実子に相続させずに、従兄弟《いとこ》である伊予西条藩主・松平左京大夫《さきょうのだいぶ》頼致《よりよし》に家督を譲っている。襲封したとき、吉宗の実子は、嫡男《ちゃくなん》・長福丸(後の九代将軍・家重《いえしげ》)と次男・小次郎《こじろう》(後の田安宗武《たやすむねたけ》)の二人しかいなかったためだった。次男は長男の《御控え》として、近くに置いておかねばならない。時を移さずに二人を紀州藩邸から江戸城に移らせている。

将軍位を継ぎ、二の丸から本丸に移って一か月後の六月二十二日、吉宗は朝廷を促して改元を行なわせしめた。新しい元号は享保である。ここに《享保の改革》が始動する。

それから一か月後の七月二十二日、将軍宣下の大礼を前に、十五名の者が従五位下に叙《じょ》せられた。その中には、御側御用取次の三名も含まれていた。この日から、小笠原主膳胤次は肥前守を、有馬四郎右衛門氏倫は兵庫頭《ひょうごのかみ》を、加納角兵衛久通は遠江守《とおとうみのかみ》を名乗るのである。

翌年には隠居する小笠原肥前守胤次を除いた二人、有馬兵庫頭氏倫と加納遠江守久通が、以降絶大な権勢をふるうことになる。

江戸町奉行・大岡忠相《おおおかただすけ》

享保二年（一七一七）二月三日、一人の普請《ふしん》奉行が、突然江戸町奉行に登用された。

大岡越前守忠相、年齢四十一歳。町奉行職に就くには、異例の若さだった。

大岡忠相は、順調過ぎるほど順調に出世した男だが、二十四歳で家督を継ぐまでは、順調とはいえなかった。長兄・忠品《ただしな》が将軍綱吉の勘気をこうむり八丈島《はちじょうじま》に遠島されたり、従兄弟の忠英《ただふさ》が大番頭《おおばんがしら》を殺《あや》める事件などに連座して、前途を閉ざされたこともあった。

しかし、家運のつたなさは実父・忠高《ただたか》（奈良奉行）や養父・忠真《ただざね》（徒士頭《かちがしら》）の代ですべて出尽くしたのか、忠相の代になると、同様の事件は大岡一族からは起こらなくなる。

忠相は、二十六歳で御書院番となってからは、二十八歳で徒士頭、三十一歳で使番、三十二歳で目付と出世し、三十六歳のときには山田《やまだ》奉行職を拝命し、能登《のと》守《かみ》に叙任されている。

山田奉行とは、伊勢神宮の警衛や伊勢志摩《しま》の天領を支配することを主な仕事としている名誉ある役職で、伊勢山田奉行とも呼ばれた。

この伊勢赴任が、大岡忠相の生涯を左右することになる。

山田奉行にとって一番の問題は、御三家の紀伊と領地が隣接していることだった。御三家の威光を笠に着た下役や農民は、名誉職とはいえ遠国奉行である山田奉行を軽く見て、何かにつけて主張を通そうとしていた。

紀伊領松坂《まつさか》の農民と、山田領の農民との境界争いも、その一つだった。非が松坂の農民にあるのは明白な事件だったが、相手は紀伊領の農民である。これまでの山田奉行は仕置を下せずにいたのだった。それをいいことに、紀伊領の農民は、さらに天領に侵食していた。

――打ち首に処す。

赴任した大岡忠相は、首謀者三名の首を刎《は》ね、幕府の権威を見せつけた。

この後にも事件は続いた。

紀伊領の山から伐《き》り出された材木は、川の流れに載せて搬送《はんそう》するのだが、その材木が天領の橋をたびたび壊すのである。

この事件に忠相が乗り出したとき、御用役の有馬四郎右衛門に命ぜられて、根《ね》来《ごろ》の忍び・名草の多十が忠相の器量を調べに赴《おもむ》いていた。

(どう始末するかの)

多十は天領の農民に化《ば》けて、忠相の動向を探った。

多十が見た限りでは、
・紀伊領から材木を流させないようにすること
・流れて来てしまった場合は、橋にぶつかる前に材木を川から取り上げること
の二点が解決策に思えたが、では、どうやって、と考えると、その方法はまったく思いつかなかった。しかし、忠相は簡単に解決してしまったのである。

――天領に流れて来た材木は、拾った者の勝手とする。

川から拾い上げれば、自分の物にしてよいというわけだ。

紀伊領の者は、天領に流してしまうとせっかく伐り出した材木を取られてしま

うので、注意を払うようになる。天領の者は、拾えば臨時収入になるので、橋に届くどころか、領内に流れて来たところで率先して川に入るようになる――。材木は流れて来ず、橋も壊れなくなったのだ。しかも、この件で文句があれば申し出るがよい、と紀伊和歌山藩の役人に、忠相は言い切っている。

多十はすっかり舌を巻いてしまった。

となると、

（この男の口から直《じか》に聞きたい）

ある問いかけがあった。

多十は農民に扮《ふん》すると、天領を巡察している忠相の先回りをし、鉄瓶に湯を沸かして待ち構えた。

忠相の姿を馬上に見つけた多十は、路傍《ろぼう》に土下座して、畏《おそ》れ多いことでございますが、と湯を振る舞いたい旨を申し出た。竹筒の水で喉を湿らせていた一行は、喜んで多十の申し出を受けた。

湯には、木の葉と草を水気が飛ぶほどに炙《あぶ》って作った即席の茶が煎《せん》じてある。根来衆が山に入った際に飲むものだった。色はよくないが、味と香りはいい。

――これは、旨いのう。

床几《しょうぎ》に腰を降ろした忠相は、立て続けに二杯飲み、多十に作り方を尋ねた。多十は、供の役人に草と木の葉を手渡し、炙り方の説明をした。

——知恵だのう。我らも見習わなければいかんな。

多十は忠相の人柄を読み、許しを得て、胸に秘めていた問いを口にした。

——御奉行様は、紀伊様が怖くはないのでございますか。

——何を無礼な。

側に控えていた役人が眉尻を吊《つ》り上げたが、忠相は手で制して、

——間違ったことをしなければ、怖いものはないのだ。

と、ひどく穏《おだ》やかな声で言った。

——怖いのは、間違いに気づかずにいることと、気づいても避けて逃げることだ。正しい行ないをしていれば、怖いものはないと心得ておる。

——判《わか》りまして、ございますです。

地面に額をつけるほどに平伏した多十に、馳走《ちそう》になった、礼を申すぞ、と言いおいて、忠相は巡察の道に戻って行った。

——幕府にも、人材《ひと》はいるものだな。

多十の報告を聞き、有馬四郎右衛門が口にした言葉だった。

この四年後、年号が享保と改まった年に、大岡忠相は普請奉行として江戸にいた。

今は兵庫頭となっている四郎右衛門の耳に、久し振りに忠相の名が聞こえた。

「《鬼》から《鬼》と呼ばれた男」

としてだった。

「あの新井白石に、泣きごとを言わせたらしいぞ」

有馬氏倫に話をしたのは、加納遠江守久通であった。

幕府の慣例として、役を解かれると、役屋敷を即刻返上することになっていた。神田小川町《おがわまち》の役屋敷を貰い受けに出向いたのが、普請奉行の大岡忠相だった。普請奉行の役目は、城の土木工事関係が主だが、空屋敷の管理や役屋敷の授受も職掌の一つに数えられている。

「即刻と申されるが、某《それがし》は文昭院様（家宣）から年内居住の許しを得ておるわ」

「聞いておりませぬ」

「当然であろう、そちのような普請奉行に何が判る」

「聞いておらぬことは、無きことと同じと心得ます」

「何？」

白石の額に、火の字の皺《しわ》が奔《はし》った。

「即刻、明け渡していただきたい」

「だが、ここを出ても行くところがないのだ……」

「拝領地に屋敷を建てられたと、聞き及んでおりますが」

白石は、内藤新宿《ないとうしんじゆく》の六軒町《ろつけんちよう》に屋敷を建てていたが、まだ建ち上がってはいなかった。

「それは、御手前の問題でござろう。身共の与《あず》かり知らぬことでござる」

「判った。話の通じぬ御人との会話は疲れるでな……」

借家に住む決意をした白石が、引き取ってくれるようにと、忠相に言った。だが、忠相は立とうとしない。

「……？」

まだ何かあるのか。訝《いぶか》しげに表情を曇らせる白石に、

「紅葉山《もみじやま》文庫から持ち出した書物でございますが」

と忠相が言った。

「持ち出した、だと!? 盗っ人《と》呼ばわりされる覚えはないわ」

白石の白い髪が一瞬逆立った。

「あれは、文昭院様からいただいたものだ」

白石は怒りを鎮《しず》めながら言った。

「調べて貰えば判る」

「調べましたが、そのような記録、どこにもございませなんだゆえ、申し上げておるのでござる」

「なら、どうせよと言うのだ？」

「すべてお返し下され」

「其の方は《鬼》か」

「いえ、《鬼》は御手前がことと存ずる」

氏倫は思わず噴き出してしまった。加納久通が、さも見てきたように大岡忠相と新井白石とを演じて見せたからだった。

その半刻（約一時間）後、吉宗に呼ばれた氏倫が御前に出向くと、

「何を騒いでおった？」

「申し訳ございませぬ。実は……」

と、忠相の話をした。山田奉行のときのこと、多十とのこと、そして白石との

一件、氏倫が洗いざらい話すのを凝《じ》っと聞いていた吉宗は、ぽつりと言った。

「使えそうだな」

「……そのように、存じまする」

「多十を呼べ。それから、大岡とやらもな」

ほどなくして多十が庭先から現れた。裁《た》っ着《つ》け袴《ばかま》の裾を払い、《入側》に座り、下知を待っている。

多十ら根来衆は、幕府の職制には組み込まれていない。いわば、侵入者と同じである。もとより、人目に触れ、不審を抱《いだ》かせるような者たちではないが、誰が見かけても不審に思われぬように庭の手入れをしている小者に扮していた。

彼ら根来衆の存在を知っている者は、吉宗と御側御用取次と《広敷伊賀者《ひろしきいがもの》》十六名だけだった。《広敷伊賀者》十六名は、紀伊和歌山藩では《薬込役《くすりごめやく》》と呼ばれた者たちである。

「多十、近《ちこ》う寄ってくれ」

「では」

多十は左右をちらと見てから、滑るように座敷を渡った。

「覚えておるかの。四年前のことになる。伊勢の山田奉行に……」

吉宗が言うまでもなく、多十の印象に深く刻まれていた。

「そうか。話が早くていい」

どうだ、と吉宗が訊いた。

「そちが百両の金を持っていたとする。これは、そちの全財産だ。大岡忠相に預けるか」

「はい」

と、多十は即座に答えた。

「そうか。信用するか」

「あの方は、裏切られても、裏切ることは決してなさりませぬ」

「惚《ほ》れられたものよの」

吉宗が膝《ひざ》を叩いて笑いさざめいているところに、忠相が役部屋からやって来た。急な召し出しにも慌てた素振りがない。氏倫は感心しながら、忠相に御前に進むよう指示した。

忠相と入れ替わるように、多十が座敷の隅《すみ》に下がった。

面《おもて》を上げた忠相が、多十の横顔を見ている。気づいた吉宗が、如何《いかが》した、と忠相に尋ねた。

「失礼とは存じましたが、見知っていた者と酷似《こくじ》しておりますもので」

「ほう」

吉宗が多十に顔を見せてやれ、と言った。多十が向き直った。

「やはり」

忠相が笑みをこぼした。

「知り人であったか」

「過ぐる年、茶を振るまわれましてございます」

「何と⁉」

吉宗が驚きの声を上げた。

「四年前の、ただ一度の茶だぞ。それも身形《みなり》を変えてのことであろうが」

「一度見た顔は、五年や十年忘れるものではございませぬ」

忠相は事もなげに言うと、それに、と付け足した。

「茶のお陰で、後日ひどい目に遭《あ》いましたゆえに、忘れられぬのかも知れませぬ」

それは――。

旨い茶だったので、役宅に戻ると忠相は家人を集め、茶を淹《い》れた。

――何ともよい香りでございまするな。

奥《つま》の評価も極上だった。

そこで、また巡察に出かけたときには、この草と木の葉を、と頼まれたのはいいが、煎じてしまった葉からは元の姿が判らない。

随行した下役の者と、こんな草だったか、あんな木の葉だったかと探し、見当を付けて摘んで帰った物を煎じたが飲めた代物《しろもの》ではなかった。

――殿様は注意が足りませぬ。草の名と木の葉の名を聞いておくべきでした。

「奥に灸《きゅう》をすえられましてございます」

にこりともせずに聞いていた吉宗が、忠相、と呼びかけた。

「そちに大役を申し付ける」

「はっ」

威儀を正して下知を待つ忠相の耳に、

「江戸町奉行に任ずる」

と言う吉宗の声が届いた。

驚いたのは、忠相だけではない。氏倫も驚いて、吉宗を見た。

「其の方の才覚で、江戸の町を作り変えるがいい」

まだまだ粗削りな町だ、と吉宗は言った。

「其の方は若い。少なくとも二十年は職を解かぬ、腰を据えて町を作り上げよ。よいな」

「勿体《もったい》なき御言葉、身に余る光栄に存じまする」

「兵庫」

「はっ」

「忠相」

「はっ」

「町奉行職は老中の支配だがの、忠相、何かのときには兵庫頭に相談するとよい」

「良しなに」

氏倫が、忠相に頭を下げた。

忠相が慌てて氏倫に礼を返した。

「こちらこそ、良しなに御願い申し上げまする」

忠相四十一歳のこの年、
有馬兵庫頭氏倫　五十歳

加納遠江守久通　四十五歳
吉宗　　　　　　三十四歳
だった。
町奉行に任命された大岡忠相は、守《かみ》名乗りを能登守から越前守と改め、以降元《げん》文《ぶん》元年（一七三六）に寺社奉行に転出するまで、十九年の長きにわたり、町奉行職に就くのである。
その寺社奉行を十五年務める傍《かたわ》ら、四十六歳から六十九歳までは関東地方御用《じかたごよう》掛《がかり》を、七十二歳からは奏者番《そうしゃばん》を兼務するなど、生涯を吉宗の治世を支えることに費やした。
有馬氏倫との厚誼《こうぎ》は、享保二十年に氏倫が六十九歳で没するまで続いた。

公儀隠密《御庭番》

「多十、其の方幾つになったかの？」

根来には、と多十は吉宗に答えた。齢《よわい》はございませぬ。

それが根来の答え方であることを、吉宗は知っていた。知っていながら吉宗は、多十の返答を無視して訊いた。

「五十四、五には、なったであろうの……」

多十もまた、根来の習いを無視して答えた。

「五十二に、相なりましてございます」

「あれから二十四年だからの……」

根来の里で出会ってから、それだけの歳月が流れたことになる。

この間に吉宗は、部屋住みの身から三万石の領主を経て、五十五万五千石の紀伊本家の当主になり、さらに天下を治める将軍にまで駆け登っていた。

「其の方らが功、吉宗決して忘れるものではない」

多十は、玉砂利《たまじやり》に片膝を突いたまま、深く頭《こうべ》を垂《た》れた。多十と吉宗は、《御休息之間》に接して作られている庭園、《御休息御庭》にいた。

「そこで、どうであろうの、頼みがあるのだがの……」

「何で、ございましょう？」

「《薬込役》の者たちがことだ」

紀伊和歌山藩で隠密調査をしていた《薬込役》の者十六名は、そっくり幕臣となり、《広敷伊賀者》として仕えていた。大奥の警備を任務にしている同名の役職がすでにあったが、十六名が就いた《広敷伊賀者》は任務も詰所も既存の《広敷伊賀者》とは違っていた。十六名は、後の《御庭番》の仕事をし、天守台下にある《御庭御番所》に詰めていた。

「あの者たちの束《たば》ねをして貰えんかの？」

「………」

「無論、士分に取り立て、行く行くは……」

「お待ち下さい」

多十が、伏せていた顔をゆっくりと持ち上げた。

「手前は根来にございます。雇われは致しますが、主従の儀は御容赦賜《たまわ》りたく存じまする」

「そう申すと思うたわ」

「申し訳ございませぬが」

「やはり、駄目か」

「この儀ばかりは……」

「仕方ないの」

吉宗は呟《つぶや》くように言うと、

「くどくは申さぬ。だがの」

と、多十の前で膝を屈《かが》めた。

目の前に吉宗の胸があり、その上に顔があった。多十は玉砂利に目を落とした。

「かの者たちを見てみよ」

多十は自分の額の辺りから聞こえてくる吉宗の言葉を頼りに、四囲《しい》に視線を配った。

池の向こうに築山があった。その築山の裳裾《もすそ》辺りに、黒羽織を着た人影が並んでいた。多十と同様に、片膝を突いて控えている。人影は十六名いた。

「儂が紀伊一国の藩主であったなら、探索はかの者たちの技量で間に合おう。しかし、これからは他国の探索に出向かねばならぬ。言葉も風習も違うところへだ」

これから儂は数多くの〝触れ〟を出す、と吉宗は言った。それが他国でも守られているか。禁を破ってはいないか。政《まつりごと》はどのように行なわれているか。内《ない》証《しょう》は豊かであるのか、苦しいか。

「それをかの者たちに調べさせねばならぬ。だが、幕府の隠密と知れれば、狗《いぬ》と呼ばれ、殺されることは目に見えている。そのとき、追っ手を振り解き、領外に逃げ延びる才覚が、かの者らにあると思うか」

多十は、結んでいた唇を微《かす》かに解いて、いいえ、と答えた。

「ならば、役目を廃せと思うかも知れぬがの。耳に心地よきことはすぐに聞こえるが、悪《あ》しきことは届かぬものなのだ。悪しきことを知らずして、政《まつりごと》は立ち行かん。だから、かの者らの耳と目が必要なのだ」

「で、上様は手前に何をせよと仰せで？」

「何もしなくてよい」

吉宗は立ち上がりながら言った。

「……………⁉」

鍛錬でもさせられるのかと思っていた多十は、思わず吉宗の動きに従って振り仰いでいた。

「近い時期に、十六家に相応《ふさわ》しい職制を設け、もそっと詰所も広げるゆえ、其の方らもそこで休んでくれまいか」

「それならば、お易《やす》いことでございますが」

「立ち居を見せてやればいい。其の方らのな。得る物はあるはずだ」

「手前どもにしても、堂々と休める場がございますのは、願ったりでございます」

これまでは、配下の六人を三つの組に分け、休息の組を城外に出すか、《御休息御庭》にある茶室《双雀亭》に忍んで休んでいた。

「のう、多十、こうやって庭で会うのは方法だのう」

と吉宗が、十六の影に手を横に振って合図を送りながら言った。十六の影が、腰を低くしたまま後ろに下がり、灌木《かんぼく》の中に消えた。

「其の方は城中の隅々まで見ておろうが、密命を下知する場所として、どこを挙げる？」

「上様の御側近くと限らせていただきますれば、城の中なれば《御駕籠部屋》か能舞台裏にございます《御楽屋》でございましょうな。外なれば、この御庭かと存じます」

「《御駕籠部屋》は使えるかの？」

「御目見《おめみえ》以下の者もおるやと聞き及んでおります。その者には、障子の内から御下命出来まする」

「成程のう」

吉宗は、有馬兵庫頭氏倫と《広敷伊賀者》の頭《かしら》を務める川村弥五左衛門の名を挙げ、

「兵庫頭に申しておくが、其の方も加わって、かの者たちとの繋《つな》ぎの取り方、下知の仕方など、細部を練ってはくれぬか」

老中以下誰にも知られず、下命を受けるや、御府内、遠国を問わず、即刻隠密行に赴ける方法をだ、と言って吉宗は、もう一度、庭か、と呟いた。

やがて、幕府の職制に、《御休息御庭》を管理する《御休息御庭締戸番》と《伊賀御庭番》が登場する。職務に大差はない。《御庭番》のことである。

大岡忠相と《享保の改革》

享保二年（一七一七）の二月、大岡越前守忠相は江戸町奉行に任命されるや精力的に活動を開始した。

精力的にならざるを得ないほど、問題は山積していた。

毎年繰り返し起こる大火《たいか》に、どう対処すればよいのか。町屋の者が雇い入れた火消集団は、町の治安を乱して憚《はばか》ろうとしない。その者たちを、どう取り締まれ

ばよいのか。

米価が下がるのに、諸物価は下がるどころか上がっている。困窮する町民の生活を、どう立ち行かせればよいのか。

この米価の問題は、町民だけの問題ではなかった。武家にとってはまさに死活問題であった。

米で禄を貰い、札差を通して換金し、生活必需品を買う。この武家の暮らしが、米が安く諸物価が高いがために、成り立たなくなってしまっていたのだ。特に貧乏旗本と三一《サンピン》の語源ともなった御家人（最下級の御家人の俸禄は、三両一分だった。年給が三両と玄米一日当たり五合という意味である）の困窮は目を覆わんばかりで、町人からの借金で食いつないでいる有様だった。借金の利息を払うために、また借金をするという暮らしだ。借りた金など返せるはずがない。怒った町人は、どうするか。町奉行所に訴えるのである――。

訴状に目を通し終えた大岡忠相は、あることに気づき、訴状を金公事《かねくじ》と外公事《ほかくじ》に分けてみた。何と九割が金公事、つまり金銭に関する訴訟だった。

（毎日、金公事の始末で、他の務めにはとても手が回らぬ……）

先月、先々月の訴訟台帳を取り出し、試みに金公事の数を数えてみると、日に

六、七十件の訴えがあった。平均六十五件で計算すると、月に千九百五十件、年に二万三千四百件、北町・中町・南町の三奉行所を合わせると、実に七万二百件という数字になった。

「うむっ」

これでは、金公事に追われて奉行所機能が麻痺《まひ》するわけである。

(何としたものか)

考えあぐねた忠相は早速、有馬兵庫頭氏倫《うじのり》に相談を持ちかけた。

「暮らし向き不自由がこと、想像はしていたが、この数字を見て寒気がしたわ」

「奉行所として、これ以上の件数の増加は、とても……」

「就寝は」と有馬氏倫が、書き付けから視線を起こして、「何刻《なんどき》になられる?」

「昨夜は丑《うし》の正刻(午前二時)でございました」

「そうであろうの」

「残念ながら、某《それがし》の頭では対策を思いつきませぬので、御用繁多とは存じましたが、兵庫頭様に御相談をと考えましてございます」

「これは、上様だの」

と、氏倫が言った。

「数字が並んでいるのを御覧になると、我らには思いも及ばぬ妙案を出されるのが常でござるよ」

「はあ……」

氏倫は、忠相を伴い、御前に参上した。

しかし、吉宗の姿はなかった。

「変だな……。おられるはずなのに……」

庭に面した《入側》に歩み寄った氏倫が、

「いらしたぞ」

と、忠相を手招きした。吉宗は、大雨の中、庭園の片隅に屈《かが》み込んで何やら作業をしている。小姓が差しかける傘からは、棒のように雨が落ちていた。

「上様は、何をなされておいでなのでしょうか」

「雨の降る量を測っておられるのでござろう」

「雨の？　降る量で、ございますか」

「特別な枡《ます》を作られてな、量が測れるようになっておるのだ」

「はあ……」

忠相にしてみれば、吉宗にしても氏倫にしても、今までに出会ったことのない人種だった。惚《ほう》けたような返答をしてしまう自分に気づきながらも、どうしようもなかった。

「いかんな」

吉宗は、草履《ぞうり》を引き摺《ず》りながら踏み石まで戻って来ると、大声を出した。

「鼻緒は竹の皮が良いわ。ビロードは気色悪くてかなわん」

「早速にも手配致しまする」

と言って、足拭きの布を差し出した氏倫が、越前守を伴いましてございます、

と耳打ちした。

「おっ、越前、来ておったのか」

平伏する忠相に、すごいぞ、と座敷に上がるなり吉宗は言った。

「このまま夜半まで降り続くと、水が出るぞ」

吉宗は江戸御府内の絵図を取り出すと、

「ここところは土地が低いから危ない」

と指差し、

「御助け舟の用意、怠《おこた》るではないぞ」

と言った。

「心得ました」

忠相は半信半疑で舟の用意をさせたのだが、夜まで降り続いた雨のために川が増水し、御助け舟がなければ人死《ひとじに》が出るところだった。

——読めぬ。あの御方の胸のうちは、まったく読めぬ。

増水した川を見詰めながら、忠相はそう呟いたという。

城中に話を戻すと——。

「本日は何と致した？」

氏倫が、忠相のしたためた書き付けを読み、御前に出向いた訳を話した。

「驚くべき数字だのう」

吉宗は書き付けを受け取り、さっと目を通すと、

「この数の多さは何を意味すると心得る？　兵庫頭、どうだ？」

「町人が力を付けて参った実態かと」

「越前、其の方は？」

何も答えずに、ただ低頭してこのときを過ごすわけにはゆかない。何か、ないか。頭から火を噴きそうになったとき、一つのことが閃《ひらめ》いた。忠相は、閃きにすがった。

「……差し出がましい答かと存じますが、判例集の必要性かと、心得ます」

「判例……か」

「左様でございます」

裁きの速度を上げるには、判例の整備が急務だと、忠相は言葉を継いだ。この忠相の意見が『御定書百箇条《おさだめがき》』として結実するのは、二十三年後の寛保《かんぽう》二年（一七四二）のことになる。

「兵庫頭」

「はっ」

「さすが実務に長《た》けた者だの、越前は。儂らには思い浮かばぬわの」

「まったくでございます」

氏倫は、では早速にも取りかかるよう手筈《てはず》をつけまする、と言ってから、しかし、と言葉を足した。

「判例集のみでは解決致さぬと存じますが」

「そこで、今考えたのだがの……」

奉行所では金公事を受け付けぬようにすればどうだろうの、と吉宗は言った。全訴訟数の九割を占める金公事がなくなれば、奉行所機能は回復する。だが、それでは、金銭の揉《も》めごとは誰が解決するのか。

「当事者に任せるのだ」

氏倫と忠相は、思わず顔を見合わせてしまった。

「奉行所は関知せず、でございますか」

「そうだ」

と吉宗は、忠相に答えた。

「確か」と、氏倫が言った。「先例があったやに記憶致しておりますが……」

「よう気づいた。常憲院《じようけんいん》様（綱吉）の御世に発令された《相対済《あいたいすま》し令》だ」

《相対済し令》は、字句の通り、借り手と貸し手双方の話し合いで揉めごとを解消しろという命令だった。武家と町人が話し合うのである。結果は見えている。

ある意味では、借金踏み倒しの奨励でもあった。

「しかし」と忠相が、「借金を帳消しにされた町人は、二度と武家には金を貸さなくなるのでは？」

「暫くは其の方の申す通りだ。だがの、すぐに貸すようになるのだ、これが不思議なことにの」

それにの、この発令は思わぬ副産物を産むのだ、と吉宗が言った。

「中町奉行所の廃止だ」

中町奉行所は、元禄十五年（一七〇二）に、増加の一途を辿る訴訟事件に対応するために、急遽《きゅうきょ》設けられた奉行所だった。金公事がなくなれば、奉行所を増やしておく意味はなかった。

「奉行所が一つ減るのだ。経費が浮くであろうよ」

旗本と御家人の窮乏を救い、奉行所の機能を回復し、その上経費も浮かせるのだから、

「これほどの名案が他にあろうか」

高笑いを続けていた吉宗が、

「鳶《とび》の件は、どうなった？」

と、忠相に言った。

繰り返し起こる大火に備え、町民が独自に人を雇い、民営の火消隊を組んでいた。だが、勇み肌を売り物にした鳶の振る舞いが、町の治安を乱し始めていたのである。

「毒を以て毒を制する、で参ろうと思い至りましてございます」

「うむっ、申してみよ」

鳶の頭に鳶をまとめさせ、幾つかの組をつくる。それを町奉行が管理するという方法だった。

「それでよいと思う。町屋を守るのは町方だという気持ちを忘れぬよう指導を頼むぞ」

「今までに《町火消《まちびけし》》がなかったのが、信じられませんな」

と、氏倫が言った。

「どうしてかの？　越前、絵解き出来るか」

「恐らくは、守る物があるかないかだと、存じます」

「それは？」

「大名には江戸屋敷という守る物がございましたが、町屋の者にはありませなんだのでございましょう」

「家屋敷やお店《たな》は、守る物ではないのか」

氏倫が訊いた。

「お店の多くは、京、大坂、近江《おうみ》の出店でございます。また、町屋に住む多くの者は地方から江戸に稼ぎに参っておる者でございます。江戸に骨を埋めるのではなく、ある一時期暮らすために住まいしておるのでございます。その心根があるからと存じます」

「成程の」と、氏倫が膝を叩いた。「その町屋の者たちが火消を雇うようになるとは、つまり、江戸に根付こうという心の表れであろうか」

「と、推量致します」

「越前」と、吉宗が言った。「組はどれほどつくろうと考えておる？」

「四、五十は必要かと」

「四十七にしたらよかろう」

「……それは？」

「赤穂《あこう》の義士に倣《なら》うのだ。《いろは四十七組》。口の端に上りやすかろう」

翌享保五年（一七二〇）、江戸町火消《いろは四十七組》が創設された。

《いろは四十七組》とは言うが、いろは文字のすべてが組名に冠されたのではなく、「へ」「ら」「ひ」は「百」「千」「万」に、また、後に「ん」が「本」に替えられて四十八組となっての誕生だった。

そして、この頃から、大岡忠相の町人と物価との闘いが本格的に始まるのである。

《目安箱》の設置

《広敷伊賀者》の川村弥五左衛門が、江戸御府内の噂話を取りまとめて報告に来、庭先から姿を消して半刻近くが経っていた。

（儂の評判が悪い……）

諸事簡略に努めるよう下した命令のことごとくに、悪評が立っていたのである。

吉宗は、《入側》に胡座《あぐら》を掻いて座り込み、打開策を練っていた。

「ここに、おわしましたか」

御用取次の加納遠江守久通が、御目通しを願いたいのでございますが、と書類一式を手にしていた。受け取って座敷に戻りながら、

「どうしたものか？」

と、半《なか》ば独《ひと》り言《ごと》のように尋ねると、加納久通があっさりと答えた。

「また《訴訟箱》を設けたらいかがでしょうか。民《たみ》の声が聞こえるかと存じますが」

目から鱗《うろこ》、と申すが実《まこと》にあるのだな、と後日、吉宗が大岡忠相に語っている。

紀伊和歌山藩のとき、政《まつりごと》に民意を反映させる趣旨で《訴訟箱》を置いたことがあった。それが政治に対する民の不満の解消と、藩主や重役たちの目が届かない小役人の不正を暴くことに大いに役立ったことは、まだ吉宗の記憶に新しかった。

「気づかなんだわ」

「御役に立てて、何よりでございます」

加納久通には、有馬氏倫にはない、ゆったりとした風格があった。それが久通の好ましさだった。つまり、吉宗は、緩と急の人間を近くにおいていたのである。

「実行するべく、煮詰めて参れ」

一刻ほどして、久通が一案を草してきた。
・設置場所は、辰《たつ》ノ口《くち》の評定所前とする
・設置日時は、評定所の寄り合い日とする（毎月二日、十一日、二十一日）
・書式は、封書にし、表に名と所を書くこと
・開封は、上様御自らがなさること

・上覧経路は、徒目付《かち》、目付、老中、御側御用取次を経て、上様と致すこと
「よし、これで試してみよう。名称は《目安箱《めやすばこ》》とする」

享保六年（一七二一）に設けられた《目安箱》は、江戸の町を変えていくことになる。

「どう思うか、存念を申してみよ」

吉宗から手渡された封書の表には、浪人・伊賀蜂郎次《いがはちろうじ》と箱訴《はこそ》した者の姓名が書かれていた。

大岡忠相は、巻紙をはらりと解くと、素早く目を通した。

それには──。

江戸の町を火災から守るには、町屋の屋根を瓦葺《かわらぶき》にすべきだ、という意見が綴《つづ》られていた。

「もっともな意見だと存じます」

「儂もそう思う。後は、町屋の者がどう反応するかだの」

この当時、まだ町屋の屋根は、茅《かや》か柿葺《こけらぶき》だった。江戸に大火が多かった原因の一つは、ここにあった。飛び火を防ぐ術《すべ》がなかったのだ。しかし、茅や柿葺の

屋根を瓦葺に替えるのは、町屋にとっては大きな負担だった。屋根をすげ替えるだけでは済まされない。瓦の重量に耐えられる柱に替えなければならなかった。つまりは、家を建て直すということだった。

「町人は利に聡《さと》い、と申します。その通りでございます。手前どもは無駄な投資は致しませぬ」

無駄とは、はて、と忠相は、訪ねた商家の奥座敷で大店《おおだな》の主人らに言った。屋根を直すよう、大店の主人らを町内ごとに集め、説得して回っていたのだった。

「燃えにくくすれば、それだけ商品も心安く置いておけるのだぞ」

「判ってはおるのですが、これからも江戸が栄えるという保証が、何もないのでございます。保証のない物に、鳶を雇うほどの金ならいざ知らず、多額の金は出せません」

家康が江戸に幕府を開いて、約百二十年が経っていた。戦乱もなく、太平の世が続いており、将軍も八代を数えるに至っている。それでもなお、幕府の命脈が疑われていようとは、忠相にしても思いの外《ほか》であった。

(これが商人か)

忠相にして初めて知った、商人の腹の内だった。

しかし忠相は、何度となく足を運び、ひたすら押し切り、瓦葺を受け入れさせた。

三度訪ねられたら三度なりの、四度訪ねられたら四度なりの対応をするのが、商人だった。相手がどこで居直り、権力を笠に威を通そうとするか、商人は見据えていたのである。

(もはや、ここまでか)

と、忠相の度重なる訪問に、折れるときを計っていたのだともいえる。

ところで――。

忠相は、商人を説得しながら、もう一つの不燃化対策を実行している。類焼の防止と避難場所の確保のために、《火除地《ひよけち》》や《広小路《ひろこうじ》》を設けたことである。

これはまた、吉宗の簡略政策と歩調を一にした政策でもあった。

例えば、神田護寺院《ごじいん》(元・知足院)が焼失すると、再建を許さず、その広大な敷地を《火除地》にするなど、冗費の節約に大義名分を付与する役目を担ったのである。御府内に設けた《火除地》は、九十箇所に及んだ。

町屋に住む貧しい者が病気になったとき、どうすればいいのか。弱者救済のための施薬院の設立を、《目安箱》に訴え出た者がいた。町医者の小川笙船《しょうせん》だった。

大岡忠相は、吉宗の許可を得ると、早速小川笙船を奉行所に召し出し、施薬院建設に向けての話し合いを行なっている。

設ける病棟と診察室の数は、幾つあればよいのか。それにより、自《おの》ずと建設費が決定される。

場所はどこがよいか。小石川《こいしかわ》薬草園内と決めた。

年間に如何《いか》ほどの運営費が必要か。二百九十両という数字で出発することにした。

医師の手配はどうするか。小川笙船を長とする医師団とした。

その他、治療中の患者の処遇問題を落とし込むのに、多くの時間はかからなかった。

「では、一両日中にも普請にかかるよう手配致そう」

「何と、それはまた……」

笙船は、余りの事務処理の早さに、礼を述べるのを忘れたという。

こうして《小石川養生所《ようじょうしょ》》は、着工からわずか十一か月で落成したのだが、治療費が無料であるにもかかわらず、開設当初はまったく患者が寄りつかなかった。

「新薬の実験所だそうだ」

という噂が流れたためだった。

町人たちの不安と疑惑を解消しなければ、患者は来ない。それでは、突貫工事をしてまで建てた養生所が、宝の持ち腐れになってしまう。

「名主を集めい」

忠相は江戸中の名主約二百七十名を幾班かに分けて養生所に招き、自ら先頭に立って施設の説明を行なったのである。

「どうだ？」と、吉宗が言った。「養生所の具合は？」

患者を捌《さば》き切れないほどであると、忠相は状況を説明した。

「よかったと申すべきなのか、それほど貧しい者が多いのかと嘆くべきなのか、何《いず》れであろうの？」

「町屋の者には独り身が多く、その者らには身寄りもないゆえ、病に倒れますと手が届きかねます。そこで、養生所に参る向きもあるやに聞き及んでおりますが」

「成程の」

吉宗は軽く頷くと、有馬氏倫に、越前にもあれを見せてやれ、と仏頂面で言った。

ご機嫌が悪い。

(如何されたのか……)

「越前殿、このような書が《目安箱》に入っており申した」

受け取って書面を読み、忠相は吉宗が不機嫌であるわけを悟った。吉宗の治世を批判した一文であったのだ。箱訴した者の名は、山下幸内《やましたこうない》。青山《あおやま》に住む軍学者だと記されていた。

吉宗が発令した《奢侈《しゃし》禁止令》を非難し、

「これでは金が人々の間を流れず、滞《とどこお》ってしまう。奢侈を禁ずるだけでは、国も民も豊かにはならない。畏れながら、未だ紀伊一国を治めているつもりでおられるのではないか」

と、痛罵《つうば》していたのである。

忠相は、読みながら唸《うな》り声を上げそうになっていた。感ずるところがあったからだった。

　このところ吉宗は、立て続けに衣類や書籍の華美を禁じたり、端午《たんご》の節句の人形の製造・販売を、はたまた祭礼時の屋台の出店さえも禁止していた。

　吉宗には、贅沢《ぜいたく》を避け、質素簡略に努め、年貢の増収を図れば、財政は建て直せるはずだという考えがあった。紀伊和歌山藩での財政再建を、その方法で成功させていたからであることは、忠相にも容易に想像はついた。

　しかし、町奉行として商人と接する機会を持つ忠相は、商人の力を観念ではなく、実感として捉えていた。

（簡略では、身動きの取れぬときがくるやも知れぬな……）

　という思いが、あったのである。

「どうだ、越前。何と思う？」

　思いを隠し、忠相は、箱訴状を巻きながら、

「褒美《ほうび》をやらずばならぬかと、存じます」

「何⁉」

「山下なる者、切腹覚悟でしたためたと推察します。そうであるなら、この者、使えます」

「ここでこの者を罰すると、《目安箱》に箱訴する者はなくなりましょう。それでは上様の御考えに反してしまいます。ところが、ここで褒美を取らせれば、耳に痛いことも別《わ》け隔《へだ》てなく聞き上げて下さると、評判を呼ぶことでございましょう」

「どういうことだ？」

「越前殿」と、氏倫が言った。「名案でござる。さすがは裁くのが上手でござるの」

氏倫は吉宗のほうに向き直ると、

「山下なる軍学者、越前殿に預けましてはと考えまするが、如何《いかが》致しましょう？」

「好きに致せ。儂は去《い》ぬるぞ」

座を蹴るようにして、吉宗は《御座之間》から立ち去った。加納久通が、目で氏倫と忠相に挨拶《あいさつ》をして、後に続いた。二人の気配が廊下の彼方に消えるのを待って、

「助かり申した。礼を申し上げる」

と、氏倫が頭を下げた。

「何をなされます」

　忠相が頭を上げるようにと、手を差し伸べた。

「上様の御怒りがすごくての。何としたものかと手を焼いておったのだ」

「某《それがし》も何と申し上げたらと、迷いました」

「褒美の話で、いつしか箱訴状のことがすっ飛びましたな。それを狙ったのでござろうの？」

「はい」

「いや、助かり申した」

　翌日、忠相は出仕すると、御前に呼ばれた。

「褒美だが、如何ほど与えるつもりだ？」

「白銀三枚を考えておりました」

「それに、儂からの言葉を伝えよ。礼を申していたとな」

　忠相の目に熱いものが膨《ふく》れ上がった。

「何だ、その顔は？《鬼》に《鬼》と呼ばれた男の顔か」

　吉宗は高らかに笑うと、

「儂だって迷っておるのだ。やっていることがすべて正しいとは思ってはおらぬ。しかしの、如何に反対されても、簡略は続けるぞ。出《いず》るを抑えねば、入《い》るを図りても笊《ざる》に水だからの」

それに米だ、と言って、吉宗は目を光らせた。

「武家は米で生きてきたのだ。米の増収と米価を守らずして、武家は成り立つまい。儂は米のためには何でもする。力を貸せ、越前」

「微力ながら、越前に出来ますことなれば何なりと」

「申したな」

「はっ」

「では、申し付ける。兵庫」

「追って正式に沙汰が下されることになりましょうが」

と氏倫が、おもむろに言った。

「《関東地方御用掛《じかたごようがかり》》に任ずるとの御下命にございます」

「しかし、某《それがし》には……」

「町奉行職と兼務していただきたいとの御意向でござる」

「上様……」

「其の方に関東の農政を見て貰いたいのだ」

「ですが、これでは勘定所の御役目と……」

「重複は承知の上だ。まだ、勘定所は完全に機能しているとは言えぬ。機能するまで、嫌な思いをするかも知れぬがの」

「承知つかまつりました」

「人はおるか」

「庄屋に幾人《いくたり》か、心当たりがございます」

「心利《こころき》いた者がおれば兵庫に申せ、取り計らうぞ」

数日後、南町奉行所に小普請組の武士が一人、忠相を訪ねて来た。名は荻原乗秀《のりひで》。新井白石に貨幣改鋳時の疑惑を問われて勘定奉行を罷免され、悲憤のうちに病没した荻原重秀の息《そく》であった。

「御奉行様の御役に立たせていただきたく、参上致しました」

大岡忠相は、《関東地方御用掛》を延享《えんきょう》二年（一七四五）の五月まで、実に二十三年間の長きにわたり勤め続けることになる。その間、一方では《御奉行》と呼ばれ、他方では盗賊のように《御頭《おかしら》》と呼ばれたのである。


「上様」

と有馬氏倫が、御座に着いた吉宗に言った。

「大岡忠相、やはりただ者ではありませぬ」

「何とした？」

忠相が《関東地方御用掛》を拝命してから、約一月《ひとつき》が経っていた。

「越前殿配下の者の顔触れが、すごいのでございます」

「申せ」

氏倫は、まず荻原乗秀の名を挙げた。

「ほおっ」

吉宗は興味を引かれたらしく、他には誰がおる、と氏倫を促《うなが》した。

「《目安箱》に箱訴したことで、才覚を見いだされた者が二名」

「うむっ」

「川崎《かわさき》の問屋場の役人上がりが一名。この者と、川崎平右衛門《へいえもん》なる者は、農民出身でございます。その他、南町奉行所の与力であった者などが名を連ねてでございまする」

「違うの」

「はっ？」

「勘定所の役人たちとは、まったく違う人選だの」

「左様でございまするな」

「勘定所の頭の固い連中奴《め》、越前らに刺激されて、化けるとよいのだがの」

そこに元々の意図があったのかと、人を手駒のように使うこの将軍家に、氏倫は今さらながら底知れぬものを感じていた。

勝手掛《かってがかり》老中・水野忠之《みずのただゆき》

享保二年（一七一七）九月、大岡忠相が江戸町奉行に任命された七か月後、水野和泉守忠之は老中に就任した。阿部豊後守正喬《まさたか》が免職になった跡を継いでの登用だった。

水野忠之は、三河国岡崎《みかわのくにおかざき》藩主・水野忠春《ただはる》の四男として寛文九年（一六六九）に生まれた。忠相より八歳、吉宗より十五歳年長になる。

六歳で養子に出されたが、水野家の家督を継いだ兄の死により、水野家に呼び戻されての襲封だった。時に忠之、三十一歳。以降は、順調に出世の道を辿ることになる。奏者番、若年寄、京都所司代を歴任し、老中となったのは四十九歳のときだった。

それから五年――。

忠之は《勝手掛《かってがかり》老中》に任命される。つまり、幕府の財政問題を、他の老中と合議することなく、将軍の許可さえ得れば、独自の判断で決定することが出来る地位に就いたのだった。

これには吉宗のしたたかな計算があった。一人の者に権限を集めさせ、その者を操《あやつ》れば、畢竟《ひっきょう》自分が財政を見ることになる。それがための、勝手掛老中だった。表面的には財政を譜代の重臣に任せる振りをして、実質的には譜代の重臣を思いのままに使おうとしたのである。

だが、忠之には、吉宗の腹は読めなかった。

抜擢《ばってき》してくれた、

「上様の御為には」

と、粉骨砕身するのである。

この水野忠之を勝手掛老中に据える前に、吉宗は勘定所の機構を改正している。

幕府は、天領と呼ばれる幕府直轄領から収納する年貢で、財政の大部分を賄《まかな》っていた。その直轄領を管理統治するのが、勘定奉行であり、奉行が日々莫大な書類に目を通す場が勘定所であった。

吉宗は、定員四名の勘定奉行職を、勝手方二名と公事方二名に分けた。勝手方は財務を、公事方は訴訟を扱うことで、事務処理能力を高めるために採られた処置だった。機構を改正するのと同時に、代官の綱紀粛正《こうきしゆくせい》をも徹底的に行なった。不正を働いた代官は、すべて職を取り上げ、処分している。このときの不正摘発にも、《目安箱》は役に立っていた。

しかし、処分のし過ぎで代官の数が少なくなり、農政に手薄が生じてしまった。町奉行の大岡忠相に《関東地方御用掛》を命じた背景は、ここにあった。

享保七年六月に、忠相は《関東地方御用掛》兼務を命ぜられている。水野忠之が勝手掛老中に就任したのは、そのわずか一か月前の五月だった。このとき、幕府の財政破綻は極みに達していた。旗本や御家人に支給する禄米が底をついていたのだ。

（事ここに至らば、御家人を召し放つしかないのか……）

幕閣の誰もが頭を抱えたとき、忠之が、〝窮余《きゆうよ》の一策〟を思いつくのである。

石高一万石について百石の米を幕府に上納するという《上米《あげまい》》の実施だった。

「果たして、呑《の》むかの」

「見返りさえ出せば」と、忠之は自信のある声で言った。「間違いなく」

「見返りとは、何だ?」

「参勤交代で江戸に詰める期間を半年にする。この確約でございまする」

「戯《たわ》けが。出来るか、そんなことが」

幕藩体制を維持してこれたのは、厳とした参勤交代の制度が確立していたからだった。

(それを、幕政を預かる者自らが壊すと言うのか)

出来ぬわ、と吉宗はもう一度叫んだ。

「今このときを乗り切る方策が、他にありましょうや。一時《いっとき》の御辛抱でございまする。曲げて御承諾下さいますよう」

一歩も引かぬ気構えを、吉宗は忠之の中に認めた。《上米》の総額は如何ほどになるのかと、吉宗は尋ねた。

「およそ十九万石に相なりまする」

「約三分の二だの」

旗本や御家人に支給する切米や扶持米の総額は、三十万石だった。十九万石は、その三分の二に相当した。

「仕方ないの。その旨、通達せい」

「上様に御願いの儀がございまする」

「まだ何かあるか」

「御三家を除く、御家門、譜代、外様《とざま》、すべての大名を大広間に召し出しますゆえ、上様御自ら柳営《りゆうえい》の窮状を訴えていただきとう存じまする」

「儂に頭を下げよと申すのか」

「曲げて」

「曲げるのは嫌いじゃ」

「上様」

「判った。だがの、頭を下げるのは、これが最初で最後だ。以後はないぞ」

《上米》は享保十五年まで八年間続いて、打ち切られた。新田開発や年貢の増徴などの効果が表れ、幕府の御米蔵に余裕が出来始めたからだった。

新田開発に町人の財力を活用し始めたのは元禄期からだったが、時の将軍綱吉が町人の土地所有を嫌ったため、町人を使う方法はいつしか顧《かえり》みられなくなっていた。

これに、再び日の目を当てたのは、吉宗だった。

「和泉守を呼べ」

早速御前に現れた水野忠之に、綱吉治世期の《町人請負新田》の資料を見せ、

「これを生かす方策を考えよ」

と命じた。

御前を辞した後、忠之は加納久通に、上様はこれを何時《いつ》見つけられたのか、と尋ねた。

――今日は朝から常憲院様（綱吉）の治績《ちせき》を読まれておいでてございました。恐らくは、そのときに。

――まだまだ某《それがし》は至らぬわ。

忠之は、吉宗のいる御座所に向かい、その場から深々と頭を下げて退《しりぞ》くと、翌日には試案を書き上げてきた。

「早いの」

吉宗は満足げな笑みを口許にたたえると、どれ、と言って手を伸ばした。加納

久通が仲立ちをして、忠之の試案を吉宗に渡した。

日本橋の高札場《こうさつば》に、新田開発に資本参加を募集する旨の高札を掲げ、町人の出資を募る。

申し出先は勘定所とする。

出資者（町人）が受け取る小作料は、出資額の一割五分を限度とする。

その他、農民からの小作料の徴収は幕府が責任を持って執り行なう由などが、生真面目《きまじめ》な書体で綴られていた。

「概《おおむ》ねは、これでよい。が、申し出の役所だがの」

と言って吉宗は一旦言葉を切り、町人にとって一番身近な役所はどこだ、と訊いた。

「……町奉行所かと」

「そうだ。御城内や大手門にある勘定所二ヶ所は、町人には敷居が高かろう。行きやすいところにしたほうが、参加者も集まるというものではないかな」

「気が回りませなんだ」

「よいわ、よいわ。よう出来ておるわ」

吉宗は、すぐにも高札を掲げるように下知した。

これにより、飯沼新田《いいぬましんでん》、見沼《みぬま》新田など幾つかの新田の開発が行なわれた。中でも武蔵野《むさしの》新田は、大岡忠相を《御頭《おかしら》》と仰ぐ《関東地方御用掛》の者たちの指導によって開拓された新田で、総石高は約一万三千石に上った。

この新田開発と平行して、思い切った年貢の増徴策が、忠之の指揮で実施された。

それは、年貢の徴収方法を、従来の《検見取法《けみどり》》から《定免法《じょうめん》》に変えるということだった。

《検見取法》は、その年の米の出来を検査して年貢高を決める方法であり、《定免法》は、出来不出来にかかわりなく、過去十年間の米の出来高から、あらかじめ年貢高を決めておく方法である。異常気象さえ起こらなければ、役人の検見(検査)に邪魔されることもなく、努力次第で余剰米を作れる《定免法》は、農民にとっては魅力だった。

忠之が衝《つ》いたのは、そこだった。

有利だからと《定免法》を受け入れさせた上で、年貢率を徐々に引き上げ、農民から限界まで米を搾取《さくしゅ》しようとしたのだ。忠之の目論見《もくろみ》は功を奏し、年貢の徴収高は飛躍的に伸びていった。

そうして幕府の財政は潤《うるお》いを見せ始めたのだが――。

享保十五年（一七三〇）、忠之は突然、勝手掛老中を罷免された。

「何ゆえだ？」

吐き捨てるように言いはしたが、忠之には理由が判っていた。

（上様の犠牲になったのだ）

簡略政策を推し進める幕府、苛斂誅求《かれんちゅうきゅう》を是として憚《はばか》らない幕府への風当たりは、日増しに強くなっていった。それは、実行責任者としての勝手掛老中・水野忠之への嘖々《さくさく》たる悪評となって表れた。

（やむを得まい）

吉宗は悪評の大本《おおもと》を斬《き》ることにより、幕府の威信と自身の名声を維持確保する策に出たのだ。

（儂がここで退いたとしても、それで民の暮らしが楽になるわけではない。一人和泉守に背負わせるはむごいとは思うが、他に遣《や》り様《よう》がない……）

自分で見出し、大権を与えた者を、使うだけ使った果てに、斬って捨てる。吉宗が見せた冷酷な一面だった。

忠之は、勝手掛老中に就任してからの日々を思い出した。

（何のために、身を粉にして御役目大切に励んできたのか……）

情けなさに、目の眩《くら》む思いがした。

「和泉守様」

振り向くと、大岡忠相がいた。

「御苦労様でございました」

忠相は深く深く頭を下げた。

罷免されたと知れると、誰もが腫《は》れ物に触るような目をして、言葉を交わすこともなく行き過ぎていったのだが、

（この男は違った）

改めて忠之は、忠相を見直す思いがした。

「御無念、察して余りあります」

「言うてくださるな、越前殿」

無理につくった笑みを浮かべ、

「某《それがし》の口から申すことは、もはやありませぬ。おさらばでござる」

忠之は、悄然《しょうぜん》と城中を去って行った。

第四章　去る者と背く者

竹姫《たけひめ》と多十

静かだった。

木立《こだち》を渡り、草を揺らすささやかな風の音だけが、根来《ねごろ》の忍び・名草の多十を包んでいた。

享保五年（一七二〇）の晩春だった。《広敷伊賀者《ひろしき》》を束《たば》ねよという吉宗の申し出を断って、三年が経つ。

多十は、吹上御庭の木立の奥で、草に寝て、木の間越しに広がる高く青い空を見ていた。

（俺が最期《さいご》は、こんな具合と思っていた……）

草の中で息絶え、土に戻る。その詳細を、多十は何度もはっきりと見て取っていた。

自身の身体《からだ》が野晒《のざら》しの果てに腐り、鳥や野鼠《のねずみ》や小さな動物たちの餌《えさ》となり、雨に打たれ、風に吹かれ、塵《ちり》となり、やがて一握りの土となる。

そうだと、多十は決めてかかっていた。

もとより畳の上で死のうという心根など、多十にはなかった。屍《しかばね》を山野に晒すのが、忍びの定めと心得ていた。

だからこそ、と多十は思う。

(俺は修羅に生きていたいのだ)

命の遣《や》り取りを忘れた忍びは、忍びではない。

(木偶《でく》と同じだ)

吉宗が根来の里に現れ、我らを雇い入れ、闇を走らせた。

(それも束《つか》の間《ま》のことのようだ)

将軍職に就《つ》いてからの吉宗は、金と米にばかり心を砕《くだ》いているではないか。

(しかも、俺に幕臣になれと言う……)

そうか、とここに至って多十は気づく。

(我ら根来衆を持て余し始めているのか……)

乱世が去れば、忍びは捨てられる。その時が、来ようとしているに過ぎないのか。

ふっと息を吐き出した多十の耳に、《根来笛》が届いた。短く、長く、長く、短い。本丸で、吉宗の近くに忍んでいるすが洩《も》りの弁佐からの呼び出しだった。

多十の足が土を蹴《け》った。

多十は吉宗から与えられている御門切手を見せ、西桔梗門《にしききょう》から本丸に入ると、疾風のように《御休息之間》近くに駆け付けた。

踏み石の前に吉宗がいた。

多十を認めると、

「素早いの」

と言い、

「ちと頼みがある」

と言い足した。

「して、御用の趣《おもむき》は?」

息の上がった気配もなく、多十は答えた。

「警護を頼みたいのだ」

「どなた様を?」

「竹姫《たけひめ》と申してな、未《いま》だ町屋を見たことがないのだ」

「………」

「供をして貰《もら》いたい」

「御命を狙われているとか……」

「その懸念には及ばぬが、心してくれ」

肩透かしを食らったような、ひどく情けない思いに、多十はとらわれてしまった。

「卒爾《そつじ》ながら」と、多十は憤《いきどお》りを隠さずに言った。「名草の多十、姫様とは申せ、未だ女子《おなご》の町屋見物の御供を致したことはござりませぬゆえ、配下の者を付け申す」

「ならぬ。其の方が参れ」

吉宗の口調は厳しかった。

「訳を御聞かせ願いたい」

「儂《わし》が安心だからだ」

《御錠口《おじょうぐち》》から、御庭番筋の《広敷伊賀者》である明楽《あけら》樫右衛門正親に守られて、町屋の娘に扮《ふん》した竹姫と御付きの老女・菊路《きくじ》がゆったりと歩み寄って来た。

竹姫は、宝永二年（一七〇五）に大納言家の姫として京都に生まれている。

叔母《おば》が将軍綱吉の側室となったところから、将軍家に養女として入った。四歳のとき婚約をしていた相手に死なれ、さらに六歳で二度目の婚約をしたものの、成長後嫁ぐことになっていたその相手にも、再び死なれるという不運が重なっていた。

――二度死なれおっての。こうなっては嫁ぐことは諦めさせねばならぬという声まであるのだ。不吉だと申しての。

――御齢は、御幾つに？

――十六であったかの。

――それでは、余りに……。

――であろう？　堂上家《どうしょうけ》に生まれ、この城に入り、外を知らずに過ごしてきたのだ。それが運命《さだめ》とは言え、このまま年老いさせるに忍びぬではないか。

――……確かに。

――儂は不憫《ふびん》でならんのだ。

――姫が、町屋を御覧になりたいと……？

――そうだ。異例のことだが、儂が許した。多十、守ってやってくれるな？

――御下命とあらば……。

多十は腰を落とし、片膝《かたひざ》を突いて竹姫と菊路を迎えると、明楽正親とともに数歩遅れて従った。正親は平河門《ひらかわ》まで見送ると、

「では、刻限にはここでお待ち申し上げておりますゆえ、気をつけておいでになられますよう」

「御苦労でありました」

菊路が凛《りん》とした中にも温かみのある声で、ねぎらいの言葉をかけた。多十は意外な思いに包まれていた。老女とは、もっと居丈高《いたけだか》な応対をするものと心得ていたからだった。

(扱い辛《づら》くは、なさそうだな)

多十は少しく安堵《あんど》すると、さり気なく竹姫の様子を窺《うかが》った。さすがに緊張しているのか、上気しているのが手に取るように判った。

これが命を狙われている者の警護であるのなら、意のままに振る舞い、同行者の意向など無視して命令出来るのだが、御供ではそうもいかない。

「参りましょうか」

多十は竹姫にでも、菊路にでもなく、呟《つぶや》くように言った。

三人は暫《しばら》く黙って歩いていたが、平河橋を渡ってさらに直進し、平河門が見え

なくなる頃合いで、

「うう－ん」

と言って、竹姫が伸びをした。空に向かって伸ばした腕が、異様に白い。

（これが人の肌の色か……）

多十は辺りを警戒するかのような振りをして、慌てて目を逸《そ》らした。

「何を、姫様、はしたない」

菊路がたしなめた。竹姫は、振り返ると唇の間から小さく舌を出して首を竦《すく》めたが、そのまま後ろ向きに歩きながら、多十に、

「其の方、強いそうだの？」

と言った。

「……それほどでは」

「駄目じゃ、隠しても。上様が仰せになっておったわ。の？」

と、菊路に同意を求めた。

「そのように聞き及んでおりまする。闘わせたら、御城で一番強いであろうと」

「……いや、とても」

多十は、胸の前で手を横に振って見せた。そのような仕種《しぐさ》を自分がしているこ

とが、多十には信じられなかった。

（配下の者には、とても見せられない……）

思わず辺りを見回してしまった。

「とても、そうは見えぬのにの」

竹姫が小首を傾《かし》げた。

一《ひと》ツ橋《ばし》御門を渡ったところで、多十は菊路に言われて先頭に立った。

竹姫に従って東下して来た菊路だった。江戸の町を知っているわけではない。

多十は一番原の火除地を右に見ながら進み、榊原式部大輔《さかきばらしきぶたいふ》の屋敷に突き当たったところで東に折れ、日本橋、内神田へと二人を導いて行った。

《御休息之間》の障子が開き、吉宗が姿を現した。

多十は踏み石に片手を突いて、頭を下げた。

「姫に」と吉宗が、笑いながら言った。「何を食わせた？」

それが開口一番の言葉だった。

「町屋で商っております物を少々」

「本当に少々か」

吉宗は屈み込むと、

「腹痛を起こし、発熱致しておる由、聞いておるぞ」

「それは、実《まこと》で？」

「嘘を申して何になる」

多十は詫《わ》びを言上した後、かなり、と言った。

「召し上がりましてございます」

「であろうの」

天麩羅《てんぷら》、焼き烏賊《いか》、四文屋《しもんや》の煮物に串物。喉《のど》が渇いたと茶屋に入っては、茶と団子。見る物すべてが珍しい竹姫は、

――これ以上はなりませぬ。

と言う菊路の小言を右から左に聞き流しては、

「最後に〝棒手振《ぼてふ》り〟の茹《ゆ》で卵《たまご》を、何と三つも」

「食べおったか」

吉宗は脇腹を押さえて笑うと、

「それで、出向いたところが小伝馬町の牢屋敷か」

「それは、前を通っただけでございます」

「聞いたわ。十軒店《じっけんだな》では、人形を買い与えてくれた由も聞いておる。喜んでおったそうな。儂からも礼を申す」

『江戸名所図絵』にも載っている十軒店は、京の人形師十家が移り住んでいたことから名付けられた町名だった。

「御言葉を賜《たまわ》るような品ではござりませぬ。却《かえ》って恐縮してしまいまする」

「姫も多十を気に入ったようでな、済まぬが、また頼むぞ」

「畏《かしこ》まりました」

「今度は、素直だの？」

あっ、いいえ、と言葉を探す多十に、

「どうかな、姫の人となりは？」

「天真爛漫《てんしんらんまん》な御方と拝察申し上げました」

「気持ちの良い姫だの」

「実に」

多十は応《こた》えてから、姫の発熱の具合を訊いた。

「生まれて初めて町屋を見たのだ。知恵熱であろう。案ずることはないわ」

それにしても、と言って吉宗は、立ち上がりながら、

「十六にもなりおって、姫はまだまだ子供だのう」

と、如何《いか》にも愉快そうに言った。

このとき、多十の心の奥底で、修羅に生きていたいという思いとは裏腹に、竹姫への恋にも似た思いが芽生《めば》えていたことを、吉宗も、多十自身も気づいていなかった。

吉宗暗殺計画

新田の開発と年貢《ねんぐ》の増徴、そして簡略政策が奏功し、幕府の財政は好転した。赤字を黒字に変えたのだから、蓄《たくわ》えた金を遣っても文句は言わせない、とばかりに吉宗は、日光《にっこう》社参を思い立つ。

だが日光社参は、掛かる費用が二十万両を超すという大行事だった。おいそれと行なえる行事ではない。

吉宗にしても、財政が好転しなければ、寛文三年（一六六三）に家綱が実施して以来実に六十五年振りという、日光社参を行なうなどとは言い出さなかっただろう。

「幕府の威光を見せつけてくれるわ」

諸大名に下げたくもない頭を下げて《上米》を頼んだ男は、威信を取り戻す機会を狙っていたのだった。

しかし、社参を決め、得意になっている吉宗を尻目に――。

「この機を待っておったわ」

とばかりに、吉宗暗殺に乗り出した男がいた。

尾張名古屋藩六代藩主継友だった。

二十五歳のとき、吉宗の巧《たく》みな根回しで将軍職を掠《かす》め取られてから十二年が経っていた。それ以来継友は、酒に溺《おぼ》れる日々を過ごしてきた。

「数馬《かずま》、済まぬな」

「何を仰せになります。これは某《それがし》が望んだことにございまする」

継友の小姓・安財《あんざい》数馬は、脱藩し、一介の浪人として吉宗暗殺を決行しようとしていた。

「安財の家名は尾張藩代々に遺《のこ》すぞ」

「それはなりませぬ。決して素性の判らぬように致しまするが、万万が一の場合、尾州家への御咎《おとが》めを招くやも知れませぬ」

「それでは、其の方に相済まぬではないか」

安財の家は、数馬が死ねば絶える状況にあった。親兄弟はなく、妻も子もない。

「殿が美酒に酔えれば、本望《ほんもう》でございまする」

「その言葉、嬉《うれ》しゅう思うぞ」

平伏している数馬に、

「主従別れの盃《さかずき》じゃ、受けるがよい」

と盃を手渡して自ら酌《しゃく》をすると、数馬が酒を飲み干すのを待って、

「勝算は、どうだ？」

「三十間（約五十四メートル）離れた的に、ことごとく命中致してございまする」

雑賀衆《さいかしゅう》の血筋を引いていた数馬は、鉄砲の名手だった。吉宗の日光社参を知り、計画を練り終えるや数馬は、尾張の国許《くにもと》に帰り、山中深く入って鍛錬に明け暮れていたのだった。

「そうか。ことごとく、か」

うむっ、と継友は力強く頷《うなず》くと、数馬の手を取り、

「必ずや」と言った。「余が無念、晴らしてくれよ」

将軍の社参に際しては、御三家の当主は今市《いまいち》に先着し、如来寺《にょらいじ》で将軍の着到を待つことが慣例となっている。

「吉報を待っておるぞ」


享保十三年（一七二八）四月十三日早朝、白々明けの中を日光社参の先陣が出発した。昼になってもまだ最後尾《さいこうび》の者は城内にいた、というほどの行列である。

この中からたった一人の人間を見つけ出すことは、安財数馬にとって容易なことではなかった。

吉宗は、それ相応の拵《こしら》えの駕籠《かご》に乗っているだろうことは想像がつく。しかし、それが影武者であるのか、本物であるのかまでは判らない。

焦る心を抑えながら、付かず離れず行列を追い、吉宗の姿を探した。

一日目の泊まりは武蔵国・岩槻城《いわつきじょう》、二日目の泊まりは下総《しもうさ》国・古河城《こがじょう》だった。

そして、三日目の朝が明けた。

この日の泊まりは宇都宮城《うつのみやじょう》だった。吉宗の乗っている駕籠の見当はついてい

た。

（供侍の動きからして、間違いはあるまい）

尾張藩主の小姓をしていた経験が、役に立った。

（あの駕籠だ）

狙撃地点は決めていた。

雀《すずめ》ノ宮《みや》と宇都宮の間にある松崎山だった。

行列に先立つこと、二刻《ふたとき》（約四時間）。安財数馬は、間道を走り、松崎山に登った。

街道との距離と位置を測り、風向きを確かめ、山の中腹に場所を定めた。木の根方に座り、箱に包み隠してきた鉄砲を取り出した。

箱には、鉄砲が中で動かないよう柔らかな布の詰め物がしてあった。火縄挟《ひなわはさ》みや火皿などの突起部分を傷めないようにと考えた方法だった。

昨夜に今朝と、くどいほど調べた携行品を箱の蓋《ふた》の上に並べた。

胴火（火種入れ）、胴火の備えとしての火打道具、早盒《はやごう》（火薬と弾丸をまとめた物で、銃口にあてがい槊杖《さくじょう》で突くと素早く装塡《そうてん》作業が出来る〝弾丸早込め具〟）を入れた胴乱《どうらん》（革製の袋）、火縄（雨の場合も考え、漆《うるし》を塗った雨火縄も用意していた）、口薬（起火薬）を入れた袋、その他火皿の穴を掃除する火針などなどだった。

　撃つ弾丸は二発を予定していた。一発目を撃つ。不意打ちに動揺している隙《すき》を狙って、早盒を使い、止《とど》めの二発目を撃つ。それ以上は、供侍が身体を楯《たて》に庇《かば》うだろうから、吉宗に当たる確率は低くなる。それでも可能ならば撃ち続けるために、早盒は充分用意していた。もとより、生還しようとは思っていなかった。二十五歳を一期に散るも一生、と心得ていた。

　街道を見た。雀ノ宮方向に目を凝《こ》らした。まだ行列が来る気配はなかった。警護の物見の者が現れ、行列の先頭が通り過ぎたとしても、吉宗の駕籠が射程距離に入るのには、まだ間があった。

（焦るな）

　と数馬は、自分に言い聞かせた。

（それだけの習練は積んだのだ）

　一刻（約二時間）が過ぎて物見の者が姿を現し、さらに半刻（約一時間）して行列の先頭が通過した。

　数馬は仏の御名を小声で唱えると、鉄砲を取り、火薬を入れた袋に手を伸ばした。

鉄砲に火薬を詰め、弾丸を込め、槊杖で二度、三度と突いた。しっかりとした手応《てごた》えが伝わった。火皿に火薬を置き、指の腹で押しつけた。胴火の火を火縄に移し、そっと息を吹きかけた。火縄の燃える臭いが、ぷんと鼻を衝《つ》いた。

(準備は出来た。後は待つだけだ)

吉宗の駕籠を認めたら、火縄を挟み、狙いを定め、火蓋を切って引鉄《ひきがね》を引く
――。

(それですべてが終わるのだ……)

鉄砲を左手に、火縄を右手に持ち、数馬は呼吸を整えた。


銃声を聞いたとき、多十らは行列に散っていた。

弾丸を撃ち込まれた駕籠の近くにいたのは、空蝉《うつせみ》の堂鬼《どうき》だった。

堂鬼には駕籠に乗っているのが誰であるのか、判っていた。

吉宗ではない。

離れて警護している忍びたちのために、即座に吉宗無事を知らせる《根来笛》を吹いた。騒ぎ立てる声に消されることもなく、鋭い笛の音が辺りに響いた。

笛の音を、多十らは背で聞いた。鉄砲から吐き出された白煙目指して、すでに走り出していた。

二発目の銃声が起こった。振り向いた多十の目に、頭部から紐《ひも》のように血を噴き出して倒れる供侍の姿が映った。

（一人か）

二度の銃声の方向と間合いから、人数を読み取りながら、藪《やぶ》を走り抜けた。

安財数馬は、鉄砲を手に、街道を見下ろしていた。

両手を広げ、身をもって駕籠を庇おうとする者、伝令にと右に左にと駆け出す者、とにかく避難をと駕籠を誘導する者。それらの者たちの慌てふためく様を、傍観者のように見ていた。

（終わった……）

数馬は、鉄砲を箱に置くと、静かにその場に端座した。街道から、怒号やら命令を下す大声が、微《かす》かに、ほんの微かに聞こえてきた。

数馬は目を閉じた。

弾丸が駕籠を貫《つらぬ》いたとき、確かに駕籠が揺れた。中の者に当たり、倒れなければ、あのような揺れは起こらないはずだった。

(成すべきことは、成したのだ……)

両の襟《えり》に手指を掛け、左右に押し開くようにして、下帯近くまで引き下げた。

(殿、おさらばにござりまする)

脇差を抜き、刀身を懐紙《かいし》で包み、数馬はそれを脇腹に突き立てた。

歯を食いしばった。食いしばった歯の根が揺れ、脇差を持つ手が激しく震えた。

気合を掛け、脇差を真横に引いた。ほとばしる鮮血とともに、腸が飛び出した。

口を開けた。大きく開けて、息を継いだ。唇から涎《よだれ》が垂《た》れ、蜘蛛《くも》の糸のように光って流れた。

腹から脇差を抜いた。懐紙も、それを握る手も血潮にまみれていた。掌《てのひら》を開こうとしても、指が言うことを利《き》かない。

数馬は逆手のまま右の手を振り上げ、左手で頸動脈《けいどうみやく》の位置を探った。

「いたぞ」

どこからか、叫び声が聞こえてきた。

数馬は逆手に握っていた刀身を、思い切り手前に引いた。首筋が斬り裂かれ、血煙が立ち、一瞬視界が朱《あけ》に染まった——。

「間に合わなんだか」

年老いた者の声だった。

(老耄《おいぼれ》が達者なものだ)

数馬は消えかけてゆく意識の中で思った。


「御手前方は？」

と、多十が訊いた。多十ら根来衆の後から、這《は》うようにして付いて来た一団だった。揃いの黒縮緬《ちりめん》羽織を身に纏《まと》っている。

「某《それがし》らは、上様御駕籠周りの徒士《かち》の者どもでございます」

「大儀でござった。我らは御側御用取次の有馬兵庫頭様より密命を受けたる者にてございますれば、ここはお任せ願えますまいか」

このとき、多十は六十三歳であった。色浅黒く、眼光鋭い老人が、炯々《けいけい》と目を光らせての言葉だった。しかも、山腹まで駆け登って来たにもかかわらず、呼吸に毛一筋ほどの乱れもない。

「さすれば、周りを探索致しましょうや？」

「いや、この者一人の仕業と思《おぼ》しきゆえ、御手前方には急ぎ駆け降りて、事の報告と、人を近づけぬための見張りを願いたいのだが」

「我らが駆け降りて？」

「左様」

「よいのか」

一報をもたらすのは手柄だった。

「かたじけない」

転がるようにして街道へと駆け降りる者と周囲に散る者たちを見送り、多十らは安財数馬の遺骸《いがい》を調べた。着物を剝《は》ぎ、裁《た》っ着《つ》け袴を取り、下帯も外した。見事な切腹だった。斬り裂かれた腹と首からは、まだ鮮血が流れている。

「身許を明かす物は、何もありませぬ」

衣類を見ていた草刈が、多十に言った。

「この者の肌の色は白うございますな」

弁佐だった。

「日に焼けたのは、この一月《ひとつき》のことで、それ以前は御屋敷暮らしと思われまする」

弁佐は尻を持ち上げると、肛門部を汚している糞《くそ》を数馬の下帯で拭《ぬぐ》い、日の下に晒した。

「衆道《しゅどう》の経験もあったやに見えまする」

「大名の小姓辺りでございますかな」

草刈が言った。

「その見当であろうの」

多十は数馬をもう一度見詰めると、弁佐と草刈と市蔵に、

「ここは、もうよい」

と言った。

「上様の近くに戻れ。俺は、兵庫頭様に伝えに走る」

堂鬼と甚兵衛と小弥太にはして貰うことがある、と多十は言葉を継いだ。

「堂鬼は《空蝉《うつせみ》の術》で面を取れ。甚兵衛と小弥太は、御老中の手の者が来るまで見張りを致せ」

「承知」

三人が答えたときには、多十は地を蹴っていた。

「では、生き返らせるかの」

堂鬼が懐《ふところ》から薄布と粉袋を取り出して、水の入った竹筒の脇に並べた。

《空蟬の術》とは、蟬が元の形をそっくり留めた殻《から》を遺すように、人の顔形をそっくりと写し取る術だった。

堂鬼は、足許の土の表面を払うと苦無《くない》を使って掘り起こし、粉を落とした。粘土を乾かし、細かく砕いて作った粉だった。ほどよく掻き混ぜたところへ竹筒の水を加えて練り上げると、瞬時にして粘《ねば》りのある土になった。

次いで堂鬼は、数馬の顔を水で拭った。濡れた顔に薄布を張りつけ、作った土を顔の凹凸《おうとつ》に合わせて乗せた。

「後は乾くのを待つだけよ」

半刻ほどで、土は顔から外せるほどに乾いた。堂鬼は、小枝を剪《き》り集めて籠を編《あ》むと、面を布にくるんで収めた。

「出来たか」

「ここに」

多十と有馬兵庫頭氏倫《うじのり》の目の前で、堂鬼が布の覆《おお》いを外した。宇都宮城に設けられた、有馬氏倫の部屋に三人はいた。

「うっ」

と氏倫が叫んで、腰を浮かせた。

布の下から現れたのは、安財数馬の首だった。

「作り物でございます」

「な、何と……」

今まで生きて呼吸をしていた者の首であるかのように、生々しく出来上がっていた。

土で取った型から顔を起こし、頭部を作り添え、野焼きをして焼き固めた物に、鬘《かつら》を被せて彩色を施したのだった。

「これが、これが作り物なのか」

目を凝らして見ていた氏倫が、ふと思いついたように尋ねた。

「して、これを如何《いかが》致すつもりだ」

「型物ゆえ、同様の物が幾つでも作れます。めぼしい大名家の奥庭にでも飾ってやろうかと、考えております」

「奥庭にか……」

左様でございます、と多十は答えて、小さく笑った。

「命じた者は、必ずや腰を抜かすことでございましょう」

御三家の一つ尾張名古屋藩を含む六家の奥庭に、首は据《す》えられた。

尾張名古屋藩藩主継友の寝間近くの庭に忍んでいたのは、黒羽根《くろばね》の市蔵だった。

早朝、掃除に来た小者の叫び声で、継友と不寝番の者が奥庭に飛び出して来た。

「何とした⁉」

小者の指差す物を見た不寝番が、絶句して、継友の顔を見た。

「どうしたのだ？」

継友が腰を引きながら、不寝番の肩口から顔を覗《のぞ》かせた。

「何があるのだ？」

庭石の上にある物を認めた継友が、反射的に顔を背《そむ》けた。

背けはしたが、見覚えがあった。継友は恐る恐る顔を向き直すと、食い入るように見つめた後、

「数馬‼」

と叫んで、腰から玉砂利の上に頽《くずお》れた。

「殺せ」

と吉宗が、怒鳴り声を上げた。

「継友を血の海に這わせろ」

「上様、今は成りませぬ」

有馬氏倫は、すがるようにして翻意を求めた。

「上様が狙われたこと、譜代、外様すべての大名家の知るところとなっております」

「それが、どうした⁉」

「今、尾張様を殺《あや》めれば、松崎山の一件と結びつけて考える者も出て参りましょう。尾張家当主が上様を狙う。噂としても、あってはならぬのでござりまする。なにとぞ、暫くの御辛抱を」

「そちの申すこともっともなれど、我慢がならぬわ」

「時節は必ず参りまする。参らねば、つくるまでのこと。しかし、今はそのときではござりませぬ」

「では、いつが時期だと申すのだ？」

「せめて、一年。出来ますれば、二年は」

二年も経てば、吉宗の怒りも薄らぐかと、氏倫は考えたのだった。

だが、吉宗には通用しない。

「よし、二年待とう。待つからには、奴が命日は儂が決める。異存はないな？」

名草の多十

多十は天井裏に忍んでいた。

大奥にある、竹姫の寝所の天井裏だった。天井板をわずかにずらし、軽い寝息を立てている竹姫を飽くことなく眺め、すでに半刻が経つ。

廊下の隅におかれた常夜灯の仄《ほの》かな灯を映し、障子が微かに白く光っている。

夜目の利く多十には、それで充分だった。寝所の様子は手に取るように見えた。

十六歳であった竹姫は、二十五歳になっていた。

この間、幾度となく市中への微行《びこう》の供をした多十は、竹姫が成熟してゆく様を近くから見ていたことになる。その竹姫に、三度目の婚儀の話が持ち上がったのは昨年のことだった。

――今さら、嫁ぎとうはないのじゃが……。

と、老女・菊路の目を盗んで多十に打ち明けた。

――気がすすまぬのなら、お止《や》めなさるがよろしかろうに……。

――そう言ってくれるのは、爺《じい》だけじゃ。

いつの頃からか、多十は《爺》と呼ばれるようになっていた。齢《よわい》六十四を数えるのだから、竹姫から見れば《爺》だった。

三度目の婚儀の話は、今年になってまとまった。相手は薩摩鹿児島藩五代藩主島津継豊《しまづつぐとよ》、暮れの十二月十一日に薩摩屋敷に輿入《こしいれ》する運びとなった。

――菊路はともに参るが、爺は無理だろうの？

と竹姫が、いつになく気弱そうな声で言った。三日前の微行の折、呉服屋に上がり込んだ菊路が、あれこれと反物《たんもの》を見ている間のことだった。

――爺が来てくれれば心強いのだがの……。

――女子《おなご》は、嫁ぎ先に慣れるのが一番と申します。

姫を女子と言うことに、多十は何のためらいもなかった。竹姫にしても、何の不思議もなく聞いていた。

──島津の御家で、爺を御探しなされ。

──訊いても、よいかの？

──何でございます？

──爺は何ゆえ、嫁を娶《めと》らなんだのかの？

──さて、何ででございましょうな……。

暇がなかったのだろう、と多十は答えた。嘘ではなかった。騒動を見つけては、合力で金品を得ていたのだ。今こうして命があるのが、信じられない毎日だった。

──御殿様が、爺のような御方だとよいのだがの……。

竹姫の声が耳許に蘇《よみがえ》った。不覚にも、鼻に水が奔《はし》った。袖《そで》で拭おうと、腕を上げかけて、多十は天井裏の闇の向こうに人の気配があることに気づいた。梁《はり》の裏に回り、苦無《くない》を手にした。

（いつからいたのか。気づかなんだ……）

苦無を投げようと身構えたとき、闇の奥に火の気が立った。忍んでいた者が、火種を入れた胴火に息を吹きかけたのだ。

闇の中に、すが洩りの弁佐の顔が浮かんだ。胴火が動き、「外へ」と火文字を書いた。

「見られたわの」

多十は、黙っていることに耐えられず、饒舌《じようぜつ》になっていた。

「六十を過ぎて、血迷うたわ」

「…………」

「嗤《わら》わんのか」

「嗤えましょうか。この弁佐、未だ血迷う者に出会うておりませぬ」

「頃合いかも知れぬな、身を引く……」

多十と弁佐は、池のほとりの岩陰に腰を降ろしていた。肩を並べ、御役目以外の話をするのは、久かた振りのことだった。

「言うまいと思っていたが」と、多十が胸のつかえを振っ切るように言った。

「一度上様に憎しみを抱《いだ》いたことがあった」

「過ぐる五月二十七日のことでございますな」

「どうして……!?」

そこまで詳細に知っているのか。多十は驚き、慌て、後に続く言葉を飲み込んでしまった。

五月二十七日は、吉宗が象なる動物を竹姫のために異国から買い付け、それが城中に運ばれて来た日だった。

「あの夜」と、弁佐が言った。「上様に突然呼ばれまして……」

吉宗は竹姫と御付きの女中たちと庭にいたとき、殺気とは異質な何か、凝《じ》っと見られているような気配を感じ、探れ、と命じたのだった。

「俺が見ていたのよ。あれほどまでに、姫に嬉しそうな顔をさせる男をな」

「内々で調べよとの下知ゆえ、受けられぬと申し上げたのですが……」

「聞かぬわな……」

「申し訳ございませぬ」

「仕方ないの、己《おの》が罪よ。だが、知らなんだわ」

「手前も、斯《か》くなる仕儀とは……」

「怖い御方よの」

「実《まこと》に」

それから五日後の夕暮れ、多十は吉宗に呼ばれ、《御休息御庭》に控えていた。

「天領での騒ぎの件、存じておろうな？」

現れるなり、吉宗が言った。

「かつてない規模の一揆《いっき》とか」

「そうだ。六十八か村挙げての一揆だ」

奥州の伊達《だて》と信夫《しのぶ》両郡併せて六十八か村の農民が、代官の罷免と夫食《ぶじき》（農民の食す穀物）の借用を求めて蜂起《ほうき》したのだった。

天領における一揆は、このときが初めてではない。享保年間に入ると、それまではほとんど私領にしか見られなかった一揆が、それも周辺何か村かを巻き込んだ大一揆が、起こるようになっていた。

このような一揆が起こるのも、すべては強引な年貢の徴収に因があった。徴税法を変え、徴税率を上げ、翌年の種籾《たねもみ》はおろか、農民の命を繋ぐなけなしの食料さえも収奪してきた結果だった。

「して、何をせよと？」

「首謀者の名と、扇動している者があらば、その正体を探れ」

隣接する大名家にも調査を命じてあるが、其の方らの目で見てきたものを知りたいのだ、と吉宗は言葉を添えた。

「畏まりました」

「誰を遣わす?」

「誰……とは?」

多十は自分が行くと決めていた。

「ならぬ、ならぬ」

夏になろうとしている時期に奥州までの長旅は無理だ、と吉宗が言った。

「いつまでも若《わこ》うはないのだぞ」

「根来に齢は……」

「ないのであろう?」

いいえ、と多十は首を横に振った。

「あることが判りましてございます。じゃによって……」

多十は一度言葉を切ると、両の拳《こぶし》を地に着け、

「この奥州の調べをもって御前を去ること、お許し下されたく御願い申し上げまする」

「里に戻ると申すのか」

「ならぬ。断じて、ならぬ」

其の方にはの、と吉宗の口調が俄《にわか》に変わった。

「まだまだ役目があるわ」

「何をせよと？」

「探索がことだ」

幕府を脅《おびや》かすのは誰と思う、と吉宗は尋ねた。

「……尾張様かと」

「違うの。あやつらは猫だ。虎は別にいる」

「…………」

多十は、壮年の多十の目に戻っていた。老いや帰郷を口にしていたときとは、五感を走る思いが違った。

「薩摩だ。江戸から遠く、何をしておるのか、知れたものではない。密貿易により、内福だとも聞いている。必ずや、幕府に仇なす存在となろう」

「薩摩に忍べと？」

「家臣となるのだ」

「はっ？」

多十は、吉宗の言葉が飲み込めなかった。

「竹姫がことよ。御付きの者として、入り込むのだ。薩摩屋敷に堂々とな」

「…………」

「名も考えてある。堀越《ほりこし》多十郎《たじゅうろう》だ。系譜もそれらしいものを作っておくゆえ、案ずるには及ばぬ」

「…………」

「身体が動くまで調べい。よいな」

地に突いた多十の拳が微かに震えた。老いたな、と吉宗は思った。

江戸を離れて十日が経っていた。

――最後の御務めをさせていただきとう存じます。

吉宗の反対を押し切り、奥州に出向いた多十だった。

しかし、六十八か村は一人で調べ回るのには余りに広かった。黒羽根の市蔵が助《すけ》として同行した。

そして――。

伊達と信夫に別れて探索を始めた二人は、それぞれの探索地から、信夫郡鎧《よろい》戸《ど》の森にある祠《ほこら》へと急いでいた。

四日後と約して別れた場所だった。多十が着いたとき、まだ市蔵の姿はなかった。

一刻が経過した。刻限はとうに過ぎていた。

多十は苛立つまいと騒ぐ心を抑えていたが、胸騒ぎは刻々と募った。

刻限に遅れる市蔵ではないことを、多十は知り抜いていた。ましてや、農民に取り囲まれたくらいで、むざむざと命を落とす市蔵ではないことを、知り過ぎるほど知っていた。

（まさか……）

と多十は、辺りの気配を探った。

この二日ほど、何かの拍子に、背後に誰かが忍んでいるような気配を感じていた。だが、探しても、誘《おび》き出そうと試みても、その者は動ぜず、すぐにも気配を断っていた。

（自分の影にでも見られているような）

もどかしさと不気味さが、常につきまとっていたのだった。

（あれは、やはり、気のせいではなかったのだろうか）

多十は懐から火薬の袋をそっと取り出し、袋の口を下に向けて足首に結んだ。少量の火薬がこぼれ落ちるように袋の口を緩《ゆる》め、祠に参り、遅れている市蔵の姿を探す振りをして辺りを歩き回った。その折々に、木の実大の火薬玉を足許に落とし、再び腰を据えて市蔵を待った。

さらに半刻が過ぎた。

（来ない）

市蔵は果てたのだろうと心に決めたとき、笛の音が聞こえた。葦《あし》で作った笛の音だった。

（根来笛……）

瞬間、多十の血の気が引いた。自分らの笛の音とは異なる《根来笛》を吹くのは、涌井谷衆しかいない。

（幽斎か……）

まさか、と多十は、浮かんだ思いを無理にも閉じて、辺りを見回した。

先ほどまでは感じられなかった忍びの気配が、周囲の藪の中に濃厚に立ち込めていた。

（囲まれている）

人数を数えた。少なくとも十名はいる。闘って、逃げ延びられる数ではなかった。

多十は後退《あとじさ》りして祠を背にし、

「涌井谷衆か」

と、声を発した。

「幽斎は、おるか」

「おるわさ」

まぎれもなく幽斎の声だった。

しかし、何ゆえ幽斎がここにいるのか。それが多十には判らなかった。

「一椀の粥《かゆ》、一揆《いっき》の水がためよ。公方様の忍びには判らんだろうの」

「すると、百姓衆に雇われたのか……」

「生き延びるためには、主《あるじ》を選ばぬが我らよ」

それにの、と幽斎は言った。この四日間で百姓衆の惨状、判ったであろう。米を作った者が、自ら米を食えぬ有様を何と見る？　代官は勘定奉行の、勘定奉行は老中の、老中は吉宗の顔色を窺ってばかりいるからよ。そのために、一番弱い者が犠牲になる。犠牲になるだけではない。己が苦衷《くちゅう》を申し述べることすら許されていないのだ。それでいいものかの？

「我らは代官の手から百姓衆を守るために雇われた。百姓衆が罷免を求める以上は、我らは従う。だがの、許しを得れば八つ裂きにしてくれるわ」

多十よ、と幽斎は木立に声を響かせた。我らは何とする？

「たとえどうであろうと、主の命《めい》は命だ」

「殺《や》ると申すか」

「ぬしとは決着を付けるときであろうからの」

多十は、懐に入れた指の先で胴火の蓋の留め金を外しながら言った。

「一つだけ教えてくれ。市蔵に手を出したのか」

「谷底に果てたわ」

「………」

市蔵は黒羽根の二つ名を持っていた。黒羽根、すなわち滑空の術である。市蔵も、これだけの人数に囲まれたのならば、闘う前に逃げる方策を練っただろう。谷に落ちたのではなく、谷に逃げたのに違いない。

（生きている。市蔵は生きている）

ならば、と多十は心の中で呟いた。俺も生き延びねばならぬわ。

方策はただ一つ――。

地に巻いた火薬と火薬玉だけが頼りだった。この場に人数を誘い出し、爆発に乗じて活路を見出す――。

(後は運よ)

「天領に参ったときから、こんな日がくると思っておったわ。さらばだ、多十」

幽斎が言い終えるとともに、鉄片が空《くう》を斬り裂く音がした。

(……………!)

頭上を振り仰いだ多十の目に、夥《おびただ》しい黒点が映った。

瞬間、それが何であるのか、多十には判らなかった。

投げ上げられた棒手裏剣《の》が、雨のように降ってきていたのだ。それと気づくと同時に、多十は横に飛び退いたのだが、図ったように四方八方から棒手裏剣が飛来した。

最初の一本が右肩に命中した。肉を抉《えぐ》り、骨に当たった。二本目は太股に刺さり、その半《なか》ば近くを股に埋めた。激痛が奔り、よろける多十の両肩に、腰に、腕に、足に棒手裏剣は容赦なく打ち込まれ、地に頽《くずお》れた身体にも、雨となって降り注いだ。

多十は血達磨《ちだるま》になっていた。

割られた頭からは血が滴り落ち、顔を洗った。

両肩と背には、十本を超す棒手裏剣が刺さっている。

だが、このとき多十は痛みを感じていなかった。

余りの激痛が、多十の感覚を奪ってしまっていた。

傷口は痺《しび》れ、身体は山野を駆け抜けたときのように、甘く、気怠《けだる》かった。

木立の中から、涌井谷衆が姿を現した。太刀《たち》を抜き、多十を取り囲んだ。

(……待っておったわ)

多十は、涌井谷衆の足許目がけて胴火を投げた。飛び退った男の足許から火が噴き、火の粉が舞い落ちた。周辺が一瞬にして火の海となり、爆発が連続して起こった。

仕掛けた者と仕掛けられた者には、瞬時の差がある。その差に、多十は賭けた。ひるんだ隙に敵の懐近く飛び込んだ多十は、二人を斬って捨てた。次の瞬間、多十は地に伏せていた。爆発で生じた煙に身を隠し、気配のするほうに、身体に刺さった棒手裏剣を抜き取っては投げた。人の倒れる音が立て続けに起こった。

多十にはすべてが敵だった。そこにいるのが敵か味方か、確認する必要はなかった。ただ攻撃すればよかった。

多十は這った。這って、祠の前に辿り着くと、目の前に黒いものが立ちはだかった。

目を凝らした。だが、血糊《ちのり》が瞼《まぶた》を塞《ふさ》いでいた。拭う暇はない。多十は太刀を構えた。

「多十よ、これまでだ」

熱い、火の塊《かたまり》のようなものが、腹を貫き通した。その熱いものは引き抜かれると、肩口を袈裟《けさ》に斬り下ろした。

どれくらいの時が過ぎたのか、多十には判らなかった。

ただ判っているのは止めを刺されずに、打ち捨てられたということだった。

自身の血が滴り落ちる音を、多十はぼんやりと聞いていた。

（死ぬのだ）

と思った。わずかに自由になる手で瞼の血糊を拭おうとしたが、手は顔まで上がらなかった。

静けさの中を、誰かが歩み寄って来る足音がした。葉を踏む音と、何か棒のようなもので地を突く音が交互にしている。

（杖《つえ》か……）

「頭《かしら》……」

「市蔵、か」

「今、手当を」

「無駄だ。それよりその足は？」

岩場に落ち、足首を折ったのだと、市蔵が言った。

「すまぬが、水はあるか」

「口に含むだけですぞ」

「飲むのではない。瞼を洗ってくれ」

木立の向こうに青い空が見えた。その手前に市蔵の顔があった。

「こうして死にたいと思ったことがあった。草の中で死に、土に帰ろう、とな」

咳《せ》き込んだ多十は、息が整うのを待ち、

「天領でのこと、上様にも弁佐らにも申すな」

と言った。

「天領の外で起きた、俺と幽斎が私闘だと言え。そなたは巻き添えだとな。上様が知れば、天領は火の海となろう。また弁佐らが知れば、仇をと考えるやも知れぬ。幽斎とは闘うな。それが遺言だ」

市蔵の報告を受けた吉宗は、御座所に戻り、ただ一言、

「馬鹿めが……」

と呟いた。

継友の死

御庭番家筋十六家が、それまでの役職名であった《広敷伊賀者》から《御休息御庭締戸番》と《伊賀御庭番》となってすでに四年になる。

将軍と御側御用取次しかその存在を知らず、老中ですら蚊帳《かや》の外に置いている

この集団は、増長し始めていた。

「根来など、人殺し集団ではないか」

「我らがおれば、無用だわ」

彼らの声は、多十の跡を継いで頭となった弁佐の耳にも届いていた。しかし、弁佐は無視した。荒野で向き合えばどちらが地に這うか、余りに歴然としていたからだ。

《御庭番》衆を震え上がらせる事件が起こったのは、そのような折だった——。尾張名古屋藩・麴町藩邸を探っていた二名の者が、突然消息を絶ったのだ。麴町藩邸には、市ヶ谷藩邸よりも警備がしやすいからと、継友が居住していた。

さらに市ヶ谷藩邸を探っていた者一名の消息が途絶えるに至り、《御庭番》衆は浮足立ってしまった。有馬兵庫頭氏倫より根来衆に、調査の命が下った。

その夜、根来衆・砂絵の甚兵衛の姿は、麴町藩邸の塀の上にあった。

庭の至るところで篝火《かがりび》が焚《た》かれ、警備の者が行き交っていた。ものものしい警戒は、あの安財数馬の一件以来、一年半を過ぎたこの夜も続けられていたのだった。

甚兵衛は庭に降り、繁みを利用して屋敷近くまで寄ってみた。

屋敷に忍び込むには、ぐるりに置かれた篝火の明かりの中を通らねばならなかった。しかも、地面には玉砂利が敷かれている。歩けば音が立つ。

(何としたものか……)

思案しているところに、見回りの者がやって来た。三人の者が手に手に呼び子を持っていた。闘う前に、賊の侵入を知らせるよう命じられているのだろう。襲うのなら、三人を同時に斬らねば、笛を吹かれてしまう。それは至難の技だった。

「厳重だの」

と、有馬氏倫が顔を曇らせた。

「《御庭番》衆のこともあり、上様から御下命があった。尾張様の御命を縮めよとのことだ」

「《御庭番》衆の消息の件は、如何《いかが》致しましょう？」

弁佐が尋ねた。

「縮めるが先だ」

「承知致しました」

「出来るか。麴町の藩邸で」

「如何に厳重であろうと遣《や》れないことはございませぬが、その場合、たった一つ、尾張様の居場所が問題となります」

弁佐が答えた。

「居場所とは？　麴町の藩邸であろうが」

「藩邸のどこにおわすか、でございます」

甚兵衛が口を添えた。

「座敷か」

「座る場所もで、ございます」

「……古い屋敷の見取り図ならあるが、役に立つかの？」

「ないよりかは」

「増改築しておるぞ」

「しかし、右手を左手に置き換えてはいますまい」

氏倫は思わず両の手を見比べ、

「そうだの」と言った。「小指の交換くらいであろうな」

笑みを残して立ち上がろうとした氏倫が、ふと動作を止めて、弁佐と甚兵衛に訊いた。

「何ゆえ、そこまで居場所にこだわらねばならぬのだ？」

次の夜、再び甚兵衛は麴町藩邸にいた。昨夜と違うのは、背に荷物を括《くく》りつけていることだった。荷物は、巻いた厚手の布だった。

玉砂利の敷かれた端に着くと、左右を見渡してから、巻いた布を砂利の上に転がした。布はするすると伸び、玉砂利の上に布の橋をつくった。

布を渡り、軒下《のきした》に潜り込んだ。しかし、玉砂利は軒下深くまで続いていた。甚兵衛は布を巻き取ると、そこを基点に再び布を転がした。庭から一部屋分、玉砂利が敷かれていたのだった。

甚兵衛は見取り図の写しを懐中から取り出し、継友のいる御座所を目指した。黒く塗られた鳴子を躱《かわ》し、落とし穴や鉄柵を迂回《うかい》しての進行だった。ようやく継友のいる御座所近くまで辿り着き、ほっと息を抜いたとき、

「何か、音がしなかったか」

と囁《ささや》く声を耳にして、甚兵衛はその場に凍りついた。目の前二間（約三メートル六十センチ）の床に穴が穿《うが》たれていたのだ。声は、その中から降って来た。

「気のせいではないか」

「……一応、見てみるか」

甚兵衛は背後を見た。闇を背にすれば溶け込める。

甚兵衛は地との触れ合いを避け、手指と爪先で這った。

穴から顔が覗いたのは、甚兵衛が闇に逃れた直後だった。

「御苦労だった」

と弁佐が、水を浴びて着替えを済ませた甚兵衛に言った。

「で、首尾は？」

甚兵衛は、麴町藩邸の見取り図の写しと新たに書き起こした見取り図を懐から取り出した。両方とも赤く染めた懐紙に、墨で描かれていた。闇に潜んで、間取りや幅を書き付ける。白い紙は目につくが、赤は闇の中では黒く見える。ために、根来衆は赤く染めた紙を用いていた。通称《血染め》と呼ばれる紙である。

甚兵衛が一点を指した。

「ここで酒を食らっておりましたわ」

「小弥太、どうかの？」

弁佐が、矢作《やはぎ》の小弥太の前に《血染め》を置いた。凝っと図面を見ていた小弥太が、二箇所の間仕切りを指して、

「これが障子か襖《ふすま》なら問題はありませぬが、壁だと厄介ですな」

「ならば、訊くしかあるまい」と、甚兵衛が言った。「中屋敷の御用役殿にの」

二日が経った――。

麹町の中屋敷から市ヶ谷の上屋敷に向かっていた御用役・佐久間《さくま》畿内《きない》は、町屋の外れで呼び止められた。

「……？」

見ると、自分の名を口にしたのは、童相手に砂絵の小商いをしている老人だった。

砂絵とは、とりどりの色を付けた砂を、少しずつ掌からこぼし落として描く絵である。

「危のうございます」

「何⁉」

老人の腕が伸び、握った掌から白い砂がこぼれ落ちた。腕がくねり、落ちた砂絵もくねった。

白い筋は頭部から膨らみ始め、やがて命あるもののように動いた。

「蛇……」

砂は白蛇になり、地を走り、佐久間畿内の袴《はかま》の裾に潜り込んだ。立ち竦《すく》んでいる畿内に、

「こちらへ」

と言って、老人が先に立った。

このときすでに、佐久間畿内は老人の催眠術にかかっていた。

老人は蕎麦屋《そばや》の二階に畿内を導いた。そこには小弥太がいた。

小弥太は、懐から麹町藩邸の見取り図を取り出して広げると、畿内に問いただした。

「これは、障子か襖か、それとも土壁か板壁か」

畿内は見取り図を覗き込んでは、明快に答えた。

小弥太は、見取り図に描き込まれていた三筋の矢の軌道から一筋を選び、老人の変装を解いていた甚兵衛に指し示した。頷いた甚兵衛が、小弥太と場所を替わった。

「もう幾つか、やって貰うことがある。心して聞けよ」

ゆっくりと噛んで含めるように畿内に伝えると、

「手を二度叩いたら、そなたは目を覚ます。本日の御用を済ますがよい」

そして、と甚兵衛は諭《さと》すように言った。

「五つ（午後八時）の鐘を聞いたら、指示通りに動け。委細承知したな」

「そのような話、聞いたこともないわ」

と言って、有馬氏倫は絶句した。

「小弥太には出来るのでございます」

弁佐が言った。

「矢が屋敷の中を、尾張様目がけて飛んで行くと申すのだな？」

「四部屋と廊下を三つ越せば、尾張様の素首《そっくび》を射れまする」

「だが、壁があるゆえすぐには射れぬのであろうが」

正気の沙汰《さた》ではない、と氏倫は吐き捨てた。

「無理だ。許すわけには参らぬ」

障子にだって桟《さん》があろう、百歩譲って障子はよしとしても、襖だ、と氏倫は言い募った。襖はどうするのだ？　襖を二枚も射抜けば矢は落ちるに決まっておるわ。それが八枚だと⁉

「障子も襖も開け放ちますゆえ、御懸念には及びませぬ」

「誰が忍び込むのだ？」

「誰も参りませぬ。代わりに、尾張家の御用役殿が開けてくれる手筈《てはず》になっております」

覚醒《かくせい》はしているのだが、暗示された状況になると再び催眠状態に陥《おちい》るよう、緩内は催眠術をかけられていた。

「小弥太は、おるか」

「ただ今、矢を作っておりまする」

小弥太は、矢の重さを測り、これはと思う矢を四本選び、火に炙《あぶ》った。矢は炙られることで、曲がりやすくなる。矢の作法で言う〝矯《た》め〟の作業だった。小弥太は、炙っては曲げながら、矢の軌跡を思い描いた。

小弥太は甚兵衛と、雨戸の位置、突き抜ける四部屋の位置、そして目指す継友のいる位置に青竹を立て、距離を測って離れた。足の高さは、台に乗り、塀の高さに合わせている。

（あそこが雨戸か）

狙いを定め、矢が曲がる分だけ右に逸《そ》らして、試射した。雨戸に吸い込まれはしたが、的へは向かわなかった。二本目を射た。方向はよかったが、途中で失速してしまった。

(弓が弱い……)

弦の張りの強い弓を取り出した。弦を張るだけで、額に汗を滲《にじ》ませる逸品だった。

(さすがに重いわ……)

弦を引く指が千切《ちぎ》れそうになった。歯を食いしばり、呼吸一つおき、さらに引いた。

弓が撓《しな》り、鳥打ち辺りが唸《うな》りを上げた。

放たれた矢は空を切り裂いて飛んだ。

飛びはしたが、勢いが良過ぎて、雨戸の位置から大きく外れてしまった。

「矢を作り直さねばならぬ」

夕暮れまで小弥太の試射は続いた。

夜になって風が出た。

「大丈夫か」

甚兵衛が、夜空を見上げて言った。

「風には負けぬ」

「そうか」

「足許を頼むぞ」

「おうっ」と、甚兵衛は答えた。

五つの鐘が鳴り始めた。

「そろそろだ」

甚兵衛に応え、小弥太が土塀に立った。甚兵衛は腹這いになると小弥太の足首を握り、支えた。

同じとき、藩邸の中では――。

突然佐久間畿内が立ち上がると、唖然《あぜん》とする者たちを尻目に、襖を開け放ちながら屋敷を円弧を描くように歩き始めた。

「御用役様、何となさいました？」

「よい、構うな。殿の御下命だ」

畿内はずんずんと歩を進め、やがて雨戸に手をかけた――。

鐘の音が止んだ。篝火に炙られていた麹町屋敷の雨戸が、一枚だけ引き開けられた。佐久間畿内は、廊下に座ると片手を上に挙げた。継友が座敷にいる合図だった。

「御命」

と言って、小弥太が弦を引いた。重苦しい音を立てて、弓が撓《しな》っている。音が絶えた。

（まだか……）

と甚兵衛が思ったとき、矢が放たれた。

「頂戴！」

小弥太の小さな叫び声が続いた。

即座に立ち上がった甚兵衛だったが、矢がどこを飛んでいるのか判らなかった。

「どこだ？」

「二部屋目辺りだ」

何ゆえ襖が開け放たれているのか、と不審に思った江戸留守居役の田所《たどころ》兵衛《ひょうえ》の鼻先を、何かが掠め過ぎた。

瞬間、わけが判らずにいたが、飛び去った物の音には覚えがあった。

(矢ではないか。どうして矢が……)

矢の向かうほうには御座所がある。

「殿!」

叫んだ。田所兵衛は、声を限りに叫んだ——。

屋敷内を人の駆ける気配がした。

雨戸が蹴り開けられ、

「曲者《くせもの》だ。探せっ」

悲鳴にも似た叫びが、邸内の各所で起こった。

「逃げずばなるまい」

小弥太が言った。

継友は、首を貫かれて絶命した。享年三十九。安財数馬が吉宗暗殺に失敗した二年後のことだった。

第五章　それぞれの賭け

尾張名古屋藩七代藩主・宗春

継友の跡を継ぎ、尾張名古屋藩七代藩主になったのは、実弟の通春《みちはる》だった。元禄九年（一六九六）十月二十六日に三代藩主綱誠《つななり》の第二十子として生まれた通春は、このとき三十五歳を数えていた。

兄たちの死により藩主になるという経緯は、吉宗の場合と酷似《こくじ》している。

しかし、吉宗が本家を継ぐより、第二十子の通春が本家を継ぐほうが可能性は低い。誰も通春が本家を継ぐことになろうとは、思ってもいなかった。

通春は、享保十四年（一七二九）八月、継嗣《けいし》のないまま没したがために断絶していた奥州梁川《やながわ》藩三万石を賜《たまわ》り、一国の領主となった。

だが――。

継友が首に矢を射込まれて絶命したのは、そのわずか十六か月後のことだった。

翌享保十六年正月、通春は吉宗の諱《いみな》の一字を貰《もら》い受け、名乗りを宗春《むねはる》と改めた。

吉宗の治世を批判し、《享保の改革》に逆《さか》らい続けた異端の藩主宗春が、ここに誕生することになる。

《伊賀御庭番》からもたらされる宗春の行状は、ことごとくが吉宗の心を逆撫《さかな》でにした。

「何ゆえに尾張は儂《わし》に楯突《たてつ》くのだ」

吉宗は盃《さかずき》を畳に叩《たた》きつけた。

宗春は藩主の座に就《つ》くや、吉宗が発していた禁を破り、歌舞音曲《かぶおんぎょく》の類《たぐい》を奨励した。

「暗いと気が滅入る。明るく楽しくやれ。そこから活気が生まれるのだ」

市ヶ谷藩邸は、お祭り騒ぎの毎日となった。

その報告を、川村弥五左衛門徳宦《のりのぶ》から受けた吉宗は、宗春を四六時中見張るように命じた。

報告は、宗春の御国入りに際して、その数を増した。

状況の異常さに困惑した《伊賀御庭番》たちが、次々に吉宗の許《もと》に立ち返ったからだった。

「尾張様は、鳥の羽根を飾り付けた鼈甲《べっこう》の唐人笠《とうじんがさ》を被《かぶ》っておられました」

「供の方々は贅《ぜい》を尽くした衣装を着、被り物といえば花笠でございましたので、沿道の人だかりは、やんやの喝采《かっさい》でございました」

宗春が名古屋に着いてからも、報告はなおも続いた。

「御城下は、盆踊りなどで夜に至っても昼の如《ごと》き賑《にぎ》やかさでございます」

「寺に詣《もう》でられたときのことでございますが、白い牛に乗られ、五尺ばかりの煙管《キセル》を銜《くわ》え、頭には……」

「乾《いぬい》御殿なるものを建てまして、容姿の優れた女人《にょにん》を、一説によると五百名ほど集め、酒宴に明け暮れているとのことでございます」

「遊廓や芝居小屋の建前を認めましたので、すごい賑わいでございました」

《伊賀御庭番》たちにねぎらいの言葉を掛けるのも忘れ、怒りに震えた吉宗は《御休息之間》に取って返した。

(諸大名の範たるべき御三家の当主が、簡略がこと、何ゆえに守らぬのだ)

思うにつけ、怒りはさらに増した。

「兵庫頭を呼べ」

吉宗を待たせる間もなく、有馬氏倫《うじのり》が御前に姿を現した。

「何としたものかの？」

「今は我慢が肝要と心得ます」

「またか」と吉宗は、うんざりして見せた。

「いつも我慢と辛抱だの、兵庫は」

「来年の江戸入りまでのご辛抱でございます」

「待って、どうするのだ？」

「国表《くにおもて》ならいざ知らず、簡略を推し進めている御膝許《ひざもと》においての振る舞い許し難《がた》し。御咎《おとが》めの口実になります」

相手は御三家の筆頭・尾張様です、と氏倫は言った。

「慎重に対処せぬと、後が面倒でございます」

「もっともだが、それが気に入らぬわ」


年が明け、享保十七年になった。

その二月、吉宗は早速《伊賀御庭番》を名古屋に派遣した。

「道中のこと、細大漏らさず見届けておけ」

三月五日、宗春が江戸参勤のため名古屋を発《た》った。

供の衣装は、一年前に江戸を発ったときと同じく、祭りのように派手なものだった。宗春も、虎の革の頭巾《ずきん》を被るなど、沿道の人たちの耳目《じもく》を集めるのに充分なほど目立っていた。

「儂が目で直々《じきじき》に確かめてくれる」

吉宗は品川の宿外れまで出向き、農家を借り受けて、宗春の行列を待った。刻々と入る《伊賀御庭番》からの報告は、尾張藩の行列が、公儀の簡略の意向を全く無視した仰々しいものであることを伝えていた。

(宗春奴、そちが勝手もこれまでだ)

吉宗が口の中で呟《つぶや》いているところに、物見に立っていた《伊賀御庭番》村垣吉平忠光《ただみつ》が、転がるようにして駆け戻って来た。

「いつの間にか、着替えております」

「何⁉」

問い質《ただ》そうとしたときには、行列の先頭が目の前の街道に差しかかっていた。

宗春も家臣らも、黒の旅装を身に着けていた。

「尾張のうつけが、洒落《しやれ》た真似《まね》をしくさりおって」

吉宗は握った拳を板壁に打ちつけた。

その日から二か月経った五月五日――。

宗春は嫡男《ちやくなん》・万五郎の初節句を祝い、市ヶ谷藩邸の庭に八十本に及ぶ幟《のぼり》を立て、家康から下賜《かし》された御旗を飾り、それを町屋の者たちに公開した。

相次ぐ奢侈《しやし》の禁令で、五月人形一つ飾ることが出来なかった町民は、長蛇の列をつくって見物した。その中に《伊賀御庭番》の者たちも交じっていた。

「我慢は切れたわ。使者を送れ」

五月二十五日、三箇条の詰問状を持った小姓組番頭と目付が市ヶ谷藩邸に宗春を訪ねた。

「本日〝上使〟として参ったのは他でもない……」

詰問状に書かれていたのは――。

・国表ならいざ知らず、御府内においての物見遊山《ものみゆさん》は、いかなる存念あってのことか。

・嫡男の初節句と申すが、まだ幕府に届けが出されていない者である。その上、穢《けが》れ者がいるかも知れぬ町屋の者に、神君家康公の御旗を見せるとは、いかなる存念か。

・簡略のこと、鋭意断行しているのを知りながら、将軍家に次ぐ御三家が何ゆえ守ろうとしないのか。

の三箇条だった。

頭を下げ、おとなしく聞いていた宗春が、

「今後は心を入れ替えて、禁令を守り、公儀と同様の振る舞いを致すゆえ、その旨上様にお伝え願いたい」

と言い、さらに深く頭を下げた。使者の二人は、反論されたときのことばかりを考えていたので、拍子抜けするとともに安堵《あんど》の息を吐いた。

「さすがは権中納言様、英明な御人柄、感服つかまつりました」

使者の言葉を手で遮《さえぎ》り、

「話をしてもよろしいかな」

と宗春が、下から掬《すく》い上げるような目をして言った。

「先ほど、〝上使〟と言われたが、言葉遣いが間違《まちご》うておる。〝御使〟が正しかろうと存ずる」

その他、〝上意〟は〝御意〟であるとかの訂正をした後、

「かく申すのも、御三家とは将軍家と尾張家と紀伊家の三家のことであり、同格と心得ておるからでござる」

「何と⁉」

使者の二人が驚いたのも無理はない。御三家筆頭の当主が、幕府の力学構造を否定したのだ。将軍家が、御三家を含む諸大名の上に君臨してこその、徳川幕府だった。

「そこで、三箇条だが……」

宗春は、ぐいと身を乗り出して、目を据えた。

「一つ、国表ならよく御府内では許し難いとは何事か。そのような裏表があってはならぬのは道理でござろう」

「二つ、届け出の有無で初節句を祝える祝えないが決まるという法は聞いたことがない。ましてや、届け出は成人したときに出すのが通例と承知している。また、穢れ者がいたとしても、それを咎めるような神はおるまい」

「三つ、簡略とは自らに求めるものであり、人に強制するものではない。強制しているから面従腹背の者ばかりなのだ。幕府は簡略の本質が判っていない」

と言って、宗春は胸を張った。

「何ぞ言いたいことがあらば、申してみよ」

二人の使者が尾張藩邸に赴《おもむ》いた享保十七年、宗春は『温知政要《おんちせいよう》』という二十一箇条に及ぶ書を、吉宗に献上している。前年に脱稿し、尾張藩士にはすでに配布していたもので、吉宗の治世を真っ向から批判した書だった。

内容は——。

・人には好き嫌いがあるゆえ、自分の好みをよしとして、強制すべきではない。

・法令を数多く発すると、下の者はいじけるゆえ、多く発するべきではない。

・簡略は大切なことであるが、過ぎてはならぬし、また強制すべきものではない。

・勧進能《かんじんのう》や相撲などを、ただ一律に禁止すべきではない。

などであった。

『温知政要』のことが下地にあったところへ、使者が戻っての報告である。吉宗の怒りは頂点に達そうとしていた。

「越前を呼べ」

吉宗の命を受けた大岡越前守忠相は、反射的に答えた。

「その儀だけは御勘弁下さいますよう」

「案ずるには及ばぬ。相手は騙《かた》りだ」

「とは申しましても……」

「騙りを町奉行が捕らえる。どこに遠慮が要るか」

大岡忠相が否やを言える状況ではなかった。

事の起こりは――。

《伊賀御庭番》が、宗春の吉原《よしわら》通いを察知したことにあった。

わずかな供を連れた宗春は、大工の棟梁《とうりよう》や御留守居与力らと、御用商人・湊《みなと》屋《や》清兵衛《せいべえ》の屋敷で落ち合い、町駕籠をしつらえて吉原に繰り出していた。

そして上総屋《かずさや》、三浦屋《みうらや》など何軒かに馴染みをつくっていたが、中でも吉原角《すみ》町《ちよう》海老屋《えびや》宗十郎《そうじゆうろう》お抱えの花魁《おいらん》・小式部《こしきぶ》にはぞっこんで、名前の一字を与えて《春日野《かすがの》》と名乗らせている始末だった。

宗春の行状に触発されたのか、この頃まで大名家の吉原通いが久しく絶えていたのだが、またぞろちらほらと吉原に出向く大名家の姿が見られるようになってきていた。

その風潮に対処するのと、宗春に灸《きゆう》を据《す》えるために、吉宗はある策を思いついた。

「尾張の当主が吉原なんぞに通うはずがない。ならば、吉原に徘徊《はいかい》する宗春なる者は騙りに相違ない。御三家の名を騙るとは不届き千万、直《ただ》ちに捕らえよ」

であった。

「いつでも出動出来る態勢で待て。動きがあり次第、奉行所に人を遣わす」

御前を辞した忠相は、有馬氏倫に相談を持ちかけた。

「如何《いかが》致したものでございましょうか。尾張様を捕らえるなど、とても某《それがし》には……」

「お逃《の》がしなさい」

氏倫が、事もなげに言った。

「構わぬので？」

「捕らえてごらんなさい。後始末が大変ですぞ」

「そのことです」

忠相が張り詰めていたものを解いて、笑顔を見せた。

「考えただけで、ぞっと致します」

「しかし」と氏倫が言った。「真剣に追いかけ回して下され。身共に考えがあるでな」

揚屋《あげや》・松葉屋《まつばや》の女将《おかみ》と店の半纏《はんてん》を着た男が一人、階段を駆け登って来た。目敏《めざと》く気づいた幇間《たいこもち》の喜多八《きたはち》が訊いた。

「女将、慌ててどう致しやした？」

「尾張様を探して、捕り方が騒いでいるのさ」

「また、何で？」

「尾張様の御名を騙ってる者が」と、半纏の男が答えた。「中に入り込んでいるとの話で」

「お前さん、見たことない顔だが？」

「弟の仲三《なかぞう》でございます」

「そうかい。知らなかったよ」

廊下で立ち話をしていた三人に、

「どうしなさったね？」

湊屋清兵衛が、加わった。話を聞いた清兵衛は、階段を駆け降り、仲の町の大通りを見渡した。大門脇の番所辺りに捕り方が固まっていた。

「見つけ次第、縄を打ち、引き立てい」

と叫んでいる。

(何と……‼)

清兵衛は座敷に戻るや宗春に、

「何かおかしゅうございます。意図があるやに、思われます。ここは騒ぎを起こすのは、避けたが賢明かと存じます」

と、揚屋を離れるように勧めた。宗春にしても、詰問状を叩きつけられて間もないときだという思いはあった。騒ぎは起こしたくなかった。

「相判った」

だが、吉原の出入口は、大門がただ一つあるだけだった。ぐるりは鉄漿溝《おはぐろどぶ》に囲まれている。

「どこに行けばよいのだ?」

「何ぞ、思案はないか」

清兵衛が喜多八らを振り返った。

「ございます」と仲三が言った。「しかし、皆で参っては、御座敷が空《から》になってしまい、怪しまれてしまいましょう」

仲三は、清兵衛と幇間を座敷に残し、宗春らの先頭に立って、裏へと急いだ。

裏口の前で、宗春らを物陰に隠すと、一人で戸を開けて、外に出た。

「誰だ？」

捕り方が、駆け寄って来た。

「店の者でございます」

「尾張様の御名を騙る武家を、見かけなかったか」

「いいえ」

「夜泣き小僧という者の変装らしいのだ。見つけ次第知らせろ」

「そういう話でございましたら」

と仲三が、引手茶屋の店名を言い、

「あそこで聞けば、吉原《なか》のことは今誰がどこにいるか、すぐ判りますでございますよ」

「そうか」

捕り方が走り去るのを待ち、

「危ねえ、危ねえ」

と伝法な物言いをし、皆に出て来るように声を掛けた。

仲三は、西河岸《にしがし》から水道尻《すいどじり》の前を通って九郎助稲荷《くろすけいなり》へと一行を導いた。大門《おおもん》を北に見て、東南の角際に九郎助稲荷はあった。

「ちょいと、お待ちを」

仲三は、稲荷の隣で駄菓子を商っている老婆の肩に手をおくと、懐《ふところ》から小銭を取り出し手渡した。

老婆の顔が瞬間笑み割れ、頷《うなず》いた。

「ささっ、どうぞ」

仲三に押されるようにして宗春以下の者たちは、店を通り、薄縁《うすべり》敷きの座敷に上がった。

「いけねえや、そいつぁ」

草履《ぞうり》を指さして、仲三が言った。それほどに座敷は汚かったのだが、文句を言える立場にはいない。

「済まぬ」

供の侍が、小粒を老婆に渡した。再度の心付けに老婆は黒い口を大きく開けた。

「いいさね」

仲三は、老婆の背を押し、店に立たせると、障子を閉め、鉄漿溝《おはぐろどぶ》に面した窓の障子を開けた。

溝《どぶ》と呼ばれるだけのことはあり、黒い水が異臭を放っていた。溜まり水に苔《こけ》が生え、それが腐っているのだ。

「まさか、これに……？」

「ざんぶと浸かるしかありやせん」

窓から半身を出し、迷っている宗春の腕を摑《つか》むと、仲三がぐいと引き上げて押した。

「ぶ、無礼者」

叫んでも遅かった。宗春は頭から鉄漿溝に落ちて行った。

「その臭《にお》いと申しましたら、犬が避けましてございます」

有馬氏倫に事の次第を話しているのは、砂絵の甚兵衛だった。脇には、すが洩りの弁佐が控えていた。

揚屋・松葉屋の女将に催眠術をかけ、弟の仲三と名乗っていたのは甚兵衛であった。

氏倫は忠相の相談を受けた後で、弁佐を呼び、

――二度と吉原に足を向けぬよう、痛い目に遭わせてやれ。

と、命じたのである。弁佐は、一つの案を立て、甚兵衛を伴《ともな》ったのだった。

「して、その後は如何《いかが》致した？」

「尾張様の臭いを落とそうと、日本堤《にほんづつみ》を越えて、山谷堀《さんやぼり》に行き、お召し物を脱がせたのでございます」

「それで？」

「もちろん、御一行それぞれ臭いがひどいゆえ、皆揃《そろ》って堀に入りました。その隙《すき》を狙いまして、着物と腰の物と紙入れ、すべてを頂戴致しました」

「裸か」

「左様でございます」

甚兵衛の脇に控えていた弁佐が、尾張様は風邪を召されたと思われます、と言い添えた。駄菓子屋の老婆の扮装《ふんそう》を解き、宗春一行が屋敷に戻るまでの惨状を見届けていたのは、弁佐だった。

米将軍と町奉行

尾張名古屋藩藩主宗春が鉄漿溝《おはぐろどぶ》に引き落とされて風邪を引いている頃、西日本一帯は大発生した蝗《いなご》により大飢饉《だいききん》となっていた。

ために、米価が高騰し、江戸で打ち毀《こわ》しが起こるまでになるのだが、この米価と諸物価の問題で、吉宗と大岡越前守忠相は、ともに眠れぬ夜を過ごしていた。

年貢にせよ、俸禄にせよ、すべてが米で納められ支払われる武家にとって、米価は最重要問題だった。米一石が一両で安定していればいいのだが、それが一石と一斗で一両になり、さらに一石二斗で一両という風に米が安くなると、金に換算したとき、禄高は目減りする。当然、暮らし向きは苦しくなる。

吉宗は、将軍職に就いて以来、ひたすら簡略を図り、町人請負新田を奨励したり、年貢の増徴を推し進めることで、幕府の財政を建て直してきた。

吉宗の政策は成功し、散財の象徴である日光社参に行けるほどに幕府の台所は潤《うるお》うのだが、それも束《つか》の間《ま》だった。

幕府のみならず諸大名も米の増収を図ったことで、余った米が市場に大量に流れ込んだのである。米は増えたのだが、他の品物の量は以前と変わらない。それが価格に跳ね返り、米に比べて諸物価が上がる結果となった。

諸物価高騰をもたらした因は、他にもある。

武家を含めた庶民の生活水準の向上である。消費慣れである。吉宗が必死になって簡略政策をとったのは、これを抑制するためだった。

吉宗は米将軍とか八木《はちぼく》将軍（八と木を合わせると、米の字になる）とか仇名されたほど、米価を吊り上げるために格闘した。空米取引を認めたり、米会所を設けたり、酒をつくるには米が要るからと酒造を奨励したりと、あの手この手を使っている。

また、吉宗の命を受けた大岡忠相は、諸物価を如何《いか》に引き下げるかに奔走した。

「諸色（諸物価）が高いのは、商人の買い占めによるものだ」

と考えた忠相は、各品目別に問屋や小売をまとめて《仲間》を組ませ、価格の管理・引き下げを図った。

しかし、江戸の商品の多くは大坂などの上方から下って来たものだった。

江戸は金を、大坂は銀を主要通貨としていた。銀の比率が上がると、それまで金一両で買えていた物が、足し前をしないと買えなくなる。足し前が価格に跳ね返り、値上がり分となる。この交換比率の差異を何とかしようと、忠相は町奉行に就任したときから奮闘していた。

――銀の交換比率を下げるよう、図って貰えぬかの。

忠相が両替商を集めて、最初に存念を述べたのは、享保三年（一七一八）だった。

――出来ぬ相談でございます。

にべもない返答だった。

――では、金一両が銀四十匁《もんめ》である現状を、六十匁に近い値にするよう命ずる。

――大岡様、御無体を仰《おっ》しゃるようでしたら、手前どもと致しましても覚悟がございますよ。

両替商が大挙して店を閉めてしまったことがあった。

このときから忠相と両替商の闘いが始まるのである。

（こうなれば、改鋳しかないか……）

忠相の思いが改鋳に傾き始めたとき――。

西日本で蝗《いなご》が大発生し、作柄不良の田畑は四百九十万石に及び、餓死者《がし》は一万二千人を越すという大飢饉が起こった。

幕府は天領農民や旗本らの救済のため、蓄えていた百万両のうち、その八割に当たる八十万両を拠出せざるを得なくなる。

「また、一から出直しか」

吉宗は再び財政再建に乗り出すことになった。

一方忠相は、最後の手段として、貨幣の改鋳を建議にかけた。

金の質を上げ、銀の質を落とすことで、大坂方面からの下り物を、交換比率の高い金で安く買えるようにする、という考えだった。

忠相の建議が通るのを見届けるようにして、一人の幕臣がこの世を去った。

有馬兵庫頭氏倫。享年六十九だった。

忠相は、有馬氏倫という吉宗第一の側近の死により、強力な後ろ盾を失うことになる。

貨幣の改鋳は成った。

しかし、銀の交換比率は下がろうとしない。それどころか上がっている。

(何か仕掛けおったな?)

大岡忠相は、早速両替商を奉行所に呼び出した。だが、店の主人たちはこぞって現れず、病気や所用を理由に番頭や手代を代わりに出頭させた。

「……!」

忠相は、居並んだ番頭と手代を見渡し、

「身共も、ちと用があるゆえ、暫《しば》し待って貰おうかの」

「畏《かしこ》まりました」

年嵩《としかさ》の番頭が答えた。

「ここでは、窮屈であろう、別室を用意させよう」

「ありがとう存じます」

「其の方ら、帰りが遅くなるやも知れぬが、よいかな?」

「わたしどもは一向に」

「そうか。では、小伝馬町で待っておれ」

その場から引き立てられ、入牢の身となったのである。驚いたのは両替商たちだった。

「こうなれば、大岡様を辞めさせるしかありませんな」

「御側御用取次の有馬様は亡くなられたのですよ。後は、大岡様の出世を妬《ねた》んでいる者ばかり」

「金で動きますね」

「金を動かすのが商売です。金で動かすなんぞは……」

「朝飯前ですか」

「出来ますか」

含み笑いが二つ重なった。金に物を言わせ、幕閣に取り入ったのである。

吉宗にしても、経済の要諦《ようてい》を握っている両替商とは、決定的な決裂は避けたいと思っていた。忠相を寺社奉行に栄転させるという形で、役替を認めざるを得なかった。

だが、ただ両替商の言い分を丸呑みにした訳ではなかった。幕府も忠相を役替するのだから、両替商たちも血を流せと、金銀の交換比率の操作を止めさせたのだ。ここに至って諸物価は、忠相の狙い通りに下がり始めるのである。

忠相役替えの後、町奉行として活躍したのは、稲生下野守正武《いのうしもつけのかみまさたけ》である。忠相の南町奉行就任に遅れること十四年して北町奉行に抜擢されていた。守名乗《かみ》りを賜《たまわ》る前の名は、稲生次郎左衛門正武。大奥御年寄の絵島を裁き、元の大老・井伊直該《なおもり》から御褒めの言葉を賜わった目付である。

遣り手と言われる男が後に残ったのは、心強いことではあった。とは言え、後ろ髪を引かれる思いは強く残った。

忠相は、敢《あ》えて口を噤《つぐ》み、何事もなかったかのように、勤務に励んだ。

この年、元文元年（一七三六）、大岡忠相六十歳。没するまでの十五年間、なおも幕政の中枢に居続けた。

宗春と附家老・竹腰正武

尾張名古屋藩の財政は悪化していた。

遊廓に芝居小屋と、風俗から始めた城下の繁栄策は功を奏し、名古屋の町はかつてない賑やかさを見せたのだが、

（そこから如何《いか》にして税を取り上げたらよいのか）

方策を立てる前に、人心が風俗に流されてしまったからだ。

吉原で鉄漿溝《おはぐろどぶ》の水をしたたかに飲んでから三年、享保二十年（一七三五）に宗春は、藩士が遊廓などに出向くことを禁じている。それほどまでに、風紀は乱れ

に乱れていたのだった。一説によると、遊女を落籍した武士の数は、百名近くに及んだという。その中の一人は宗春自身であり、上の乱れを下が倣《なら》っただけだったのかも知れない。

それはともかく、宗春は財政の悪化に対処すべく行動を開始する。農民には租税の前倒しを、商人には御用金を命ずるのである。

こうして、宗春の行ないが藩主らしさを見せ始めたのを見澄まして、吉宗は宗春退治に乗り出したのだった。

元文四年（一七三九）一月十二日、吉宗は尾張名古屋藩附家老・竹腰山城守正武と成瀬《なるせ》隼人正《はやとのしよう》正泰《まさもと》の他、家老職の者を召し出し、宗春を蟄居《ちつきよ》させる旨を申し渡した。

この年、竹腰正武は五十五歳。竹腰家四代の許に養子に入り、家を継いで三十年を数えている。

成瀬正泰は三十一歳。享保十七年（一七三二）に家督を相続し、七年が経っていた。

ちなみに、宗春は四十四歳、吉宗は五十六歳だった。

「畏《おそ》れながら」

と竹腰正武が、平伏した身体を微動だにさせず、凛乎《りんこ》とした声音で尋ねた。

「何ゆえに、今日に至っての御処分なのでございましょうか」

「所業が改まるか、見ておったのだ」

「改めましてございます」

正武は、藩の財政を再建しようとしている宗春を語った。

「では尋ねるが、下屋敷に吉原の者がいるのは実《まこと》か」

「……それは」

吉原の花魁・春日野を落籍し、お春《はる》の方として《御部屋様》扱いしていた。

「どうだ。口答え出来まい」

「その非は認めまするが、それも過ぐる歳月が成させたこと。今は心改めてございまする。なにとぞ、今暫《しばら》くの御猶予を賜りまして、その上での御処分を願い上げ奉りまする」

「待てば、何とする？」

「尾張一国、建て直して御覧に入れまする」

「儂が何年待ったと思うてか。七年だぞ。七年が歳月は無駄であったわ」

「無駄ではございませぬ。確実に財政は好転しておりまする」

「その因は御用金であろう。町屋の懐を当てにして、何が好転か。これ以上の問答は許さぬ。下がれ」

下城した附家老二人と家老たちは、同日午後、尾張名古屋藩・市ヶ谷藩邸の《御座之間》に控えていた。

宗春に吉宗の意向を伝えて半刻（約一時間）になる。

この間宗春は、上段の間を右に左にと歩き回っていた。

「直参《じきさん》よの、附家老は」と宗春が、突然大声を挙げた。『御無理、御もっとも』と阿呆面《あほづら》下げて、ただ黙って聞いて帰って来たのか」

「山城守殿は、公方様に……」

成瀬正泰の言葉を宗春は遮った。

「黙れ、隼人正。余は山城守に聞いておるのだ」

「事ここに至った仕儀は、殿が一番御存じのはず」

正武が口を開いた。

「如何せん殿は遣り過ぎでござりました」

「何だと⁉」

「今さら何を申しても繰り言にございます。尾張の家を遺すことだけを御考え下され」

「黙れ！　黙れ！　黙れ！」

宗春は、喚《わめ》き散らすと、

「悔しゅうないのか、山城守」

突然足を投げ出して座り、頭を抱えた。

「尾張の当主の幾人が、あやつの手に掛かったか、数えたことがあるか」

「殿、みだりなことを仰せられますな。確たる証しは何もないのでございまするぞ」

「余は悔しかった。吉宗が鼻を明かしてやろうと思った。だから、あやつの反対を遣《や》ってやったのだ」

「反対とは申せ、殿が採られた城下繁栄の策、間違ってはおりませなんだ」

正武は、諭《さと》すように言った。

「今このとき、財を蓄えるには、二つの方策しかございませぬ。上様が採られた簡略と年貢増徴策か、殿が採られた城下の繁栄による経済政策のいずれかでございます。しかし、殿が採られたのは、未だ試した者がなき方策でございました。たとえ遣り過ぎはあったにせよ、それが上様には御理解いただけなかったのでございましょう」

「それだけでは、あるまい」と、宗春が言った。「あやつは、尾張の家を潰す気なのだ。そうとしか思えぬではないか」

「そうであるなら、一命を賭《と》して守るのみでございます」

正武の気迫に押され、宗春が顔を上げた。

「殿も御一身を捨つるに賭けて下され。尾張を救うには、それ以外に手はございませぬ」

正武は、宗春に詰め寄った。

「蟄居の儀、受けて下さいますな」

その日の夕刻、宗春は市ケ谷の藩邸から麴町の藩邸へと引き移った。

翌十二日、浅野安芸守吉長《あさのあきのかみよしなが》、松平大学頭頼貞《だいがくのかみよりさだ》、松平播磨守頼幸《はりまのかみよりとみ》の三名が麴町の藩邸を訪れ、宗春に蟄居を申し渡した。宗春は、一言の反論もなく、上使の口上を聞き入れた。

その二日後、附家老《つけがろう》の二人が吉宗に召し出された。

眠れぬ一夜を過ごした正武は、ある決意を胸に、赤坂御門外にある美濃今尾藩《いまおはん》上屋敷を出、麴町にある犬山藩《いぬやまはん》上屋敷に向かった。

それぞれ一国一城の主である附家老二人だけの会談を持つためだった。

着到して座に着くや正武は人払いを求め、気配が絶えるのを待って、成瀬正泰に言った。

「本日の御召しは、御継嗣を誰にするかであろうと存ずる。無理なことは仰せにならぬと思うが、万一のことがござる。その折には、隼人正殿は何も言上せずにいて欲しいのだが、承服して貰えるであろうか」

いや、と正武は、口調を改めた。

「何としても、承服していただきたいのだ」

「何ゆえでござるか」

「某《それがし》は五十五歳だ。先は見えている。だが、隼人正殿、貴殿は若い。若い貴殿に、これからの尾張家を見守って貰いたいのだ。某は、万一の時は、切腹覚悟で反駁《はんばく》するが、そこで同調されると、附家老の家を二つ同時に潰さぬとも限らぬでな」

「まさか、そのようなことに……」

「万万が一の話でござるが、将軍家の御威光の前には、附家老など塵芥《ちりあくた》に等しい。用心のためでござるよ」

「しかし、しかしですぞ。某も附家老の家に生まれた者。年が若いというだけでは、大事を前にして引き下がれませぬ」

「仰しゃることよう判る。判るが、是非とも承諾願いたいのだ。某は竹腰の家に入った養子でござる。竹腰の家と尾張の家を守らんがため、入れられた者なのでござる。しかるに、今は竹腰の家を潰す覚悟でおり申す。家には不忠だが、尾張家と徳川家には忠と心得てのことでござる。某の士道、貫かせてはくれまいか」

手を突き、頭を深く垂れて懇願する附家老・竹腰正武の説得に、若い成瀬正泰は折れた。

「よう御承諾下さった」

振り絞るようにして正武は言うと、膝を一つぐいと乗り出した。

「そこで御継嗣だが、何方《どなた》がよいと思われる？」

一刻（約二時間）近くして、二人は江戸城に発《た》った。

城中を奥坊主に先導されて行く附家老の二人を、擦れ違う大名らが無遠慮に見ている。

（所詮《しょせん》は、これほどの者たちでしかないのか）

竹腰正武は、腹が据わっていく自分を感じた。

御前に畏《かしこ》まった。

「中納言の神妙なる態度、感じ入ったぞ」

吉宗は機嫌のよい声を上げた。

「儂は考えた。真剣に考えた。尾張家を誰に継がせるか、をの。存念を申すゆえ、其の方らも忌憚《きたん》なく思うところを申し述べてくれ」

「はっ」

正武は、喉《のど》に絡んだ唾を呑《の》み込んだ。

「今さら申すまでもないが、尾張、紀伊、水戸は、藩祖を兄弟とする仲だ。ここまで徳川の世が続いたのも、三家がまとまっていたからと考えておる。紀伊は尾張を立て、尾張は三家の長兄格として威厳を保ち、水戸は定府して両家の仲立ちをする。このまとまりは、何としても崩したくない。そこでだ」

と言って吉宗は、語調を改めた。

「田安か一橋から跡継ぎを出したいのだが、どうであろうの？」

「…………」

面《おもて》を上げた正武の目に、有無を言わせぬ気迫を示している吉宗が映った。

（考えてもいなかった……。まさか、田安と一橋の名を出そうとは……）

このとき、嫡男・家重二十八歳を除くと、吉宗の子供は、次男の田安宗武二十三歳と四男の一橋宗尹《むねただ》十九歳の二人だった。ふたりとも、まだ賄料《まかないりょう》として毎年三万俵と二万俵を貰っている身でしかなかった。

（殿の御考え、当たらずと言えども遠からず、吉宗は尾張を狙っておりましたぞ）

正武は、胸の中で宗春に報告すると、

「承服出来ませぬ」

正面から吉宗を見据えて言った。

「何を仰せになるかと思いきや、それで尾張一国がまとまるとでも、お考えでございまするか」

「山城守、今何と申した⁉」

張り裂けんばかりの恫喝《どうかつ》が部屋を圧した。

「申し上げます」

正武の抑えた声が、静寂を破った。

「某《それがし》は、東照神君家康公から選ばれて、尾張家の附家老として幕臣ながら仕える家の者なれば、御両家の行く末を思い、言葉荒く申し上げる御無礼を、まずは御許しいただきとう存じます」

正武は、威儀を正すと、再び口を開いた。

「過ぐる元和三年（一六一七）以来、連綿として名古屋の地を治めて参った尾張徳川の血を、上様は何と御考えでございましょうか。主を主として戴くことこそ、家臣の喜びにございます。宗春様の御政道に上様はご不満を持たれた。確かに、ほころびはございました。が、尾張家家臣一同が、ここまで藩を支えて参りましたのも、ひとえに宗春様の御血筋のゆえかと存じます。上様の御言葉を御借り致さば、大切なのはまとまりでございます。田安様、一橋様、ともに聡明な御方と聞き及んでおります。御二方様に何の不服もございませぬ。しかし、御二方様は尾張の血ではございませぬ。今ここで、他家の血を入れようとなされば、藩を挙げて背き申す以外にはございませぬ」

「如何《いかが》致すと申すのだ？」

正武は、一呼吸空けて、ことさら静かに言った。

「東海道を、二つに分けて戦いまする」

「何⁉」

吉宗は目を剝《む》いた。ここまで逆襲されるとは、思ってもみなかった。

「太平の世となって百三十有余年、御望みとあらば、戦乱の世に戻して御覧に入れまする」

「尾張一国に何が出来るか」

「一国と御思いでございまするか」

「尾張には幕府は倒せぬからの。加担する者など、おりはせぬわ」

「徳川の御為を祈る者ばかりが、この世におるわけではございませぬ」

「では、その者らを集めると申すか」

「集めは致しませぬ。かの者らは、何も言わずとも集まり来《きた》ることでございましょう」

「それで勝てると思うてか」

「いいえ、負けましょう」

「そうだ。勝ち目はないわ」

「負ける勝負も、またよいものでございます。尾張の者は、家を守るためには自らを滅びに賭けること、厭《いと》いませぬ」

「尾張一国、死に絶えると申すか」

「家臣一族郎党、その妻子に至るまで、ことごとく果てまする」

「うぬっ」

吉宗は正武と視線を斬り結んだまま、

「そこまで申したからには、覚悟あってのことであろうの？」

「もとより覚悟は出来ておりまする」

「判らぬ」と、吉宗が首を横に振った。「附家老としての、其の方の料簡《りようけん》が判らぬ」

「徳川の家を守りたいがためにござりまする」

「申せ」

「上様も徳川の御方であるならば、尾張中納言様も徳川の御方でござります。いわば、同じ木に成った果実でござります」

「尾張が果実は、徳川の木を腐らせておるとしたら、何とする？」

「事実であるなら、取って換えまする」

「儂の申すと同じではないか」

「違いまする。上様は、御自身の意のままに動く者を置こうとしていらっしゃるのです。耳に痛いことを言う家も必要なのだと心得まする」

「そのための御三家だと言いたいのか」

「御意にございまする」

「では、訊こう。耳に痛いことを言うはよいが、耳をかさず逆らい続けたは何ゆえだ？」

「その至らなさは、重々承知致しておりまする」

「判っておらぬわっ。御三家がどのような立場であるか、補佐としての附家老は誰よりも一番判っておるはずであろう。にもかかわらず、足を引っ張ることしか考えておらぬ中納言を、何ゆえ諌《いさ》めなんだ？　儂は機会を与えたのだぞ」

「中納言様を、上様は掌の上で遊ばせておいででございました。何ゆえ早くに、御処分の軽いうちに、お諌めにならなかったのか、悔やまれまする」

「儂が所為《せい》だと申すか」

「中納言様は、上様が御造りになったのでございます」

正武は力を込めて顔を擡《もた》げると、吉宗を見詰めた。

吉宗と尾張家の確執が産み落とした鬼子が宗春だと、竹腰正武は言いたかったのだった。しかし、詳細を語るわけにはゆかなかった。吉宗が尾張家歴代の藩主を暗殺したという証拠は、何もなかった。言えば、事を荒立てるだけであることは、目に見えている。正武は、万感の思いを込めて、吉宗を見詰め続けた。

「…………」

吉宗には、正武が何を言わんとしたのか判っていた。

（これまでか……）

尾張の家を我が物とすれば、二度と逆らうことはなくなる。そのために田安か一橋を入れようと、吉宗は考えていたのだが——、

（引き揚げどきだろう……）

と吉宗は、思いを改め始めていた。

田安か一橋を送り入れたとしても、尾張家臣団の猛烈な反発に遭うことは、附家老からも窺《うかが》い知れた。

（田安と一橋にこだわれば、将軍家と尾張の確執はさらに尾を引くだけだ）

宗春の蟄居隠退で、尾張の頭は押さえた。後は、宗春を罰し続けることで、次代の藩主らは将軍家に逆らおうとはしなくなるだろう。

（それでよしとすべきかも知れぬな……）

吉宗は意を決め、

「家を継ぐとは難しいものよの」

と、正武から視線を外して言った。

「竹腰が家が羨《うらや》ましいぞ。其の方が養父は、目利《めき》きであったの」

正武が瞬間口を開けた。

「さすがに、竹腰が家の者よ。継ぐも継がすも、出来が違うの」

「……勿体《もったい》なき御言葉にございます」

「其の方に免じて、尾張の家には口出しせぬわ。継嗣の件は忘れよう。尾張が徳川の一族として自覚致さば、騒乱を招くようなことはしとうない」

正武は、平伏し、唇を震わせた。

「宗春がことは、到底許せぬが、それは致し方あるまいの?」

「出来ますれば、恩情ある御処置を御願い申し上げます」

深く頭《こうべ》を垂れている正武に、吉宗がおもむろに訊《き》いた。

「山城守、まさか陰腹は斬っておるまいな?」

「本日の御召しが何であるか、不明でしたゆえに」

「話しておったら、何とした?」

「皺腹一つで収まるものなら」

「斬ったか?」

「恐らくは」

憎いの、と言って吉宗は、笑みをつくって見せた。

「申してみよ。継嗣は誰が望みだ」

「よろしいのでございますか」

「申せと言うておるわ」

「畏れながら……」

正武が申し出たのは、宗春の従兄弟に当たる義淳《よしあつ》だった。この年三十五歳になった義淳は、宝永二年（一七〇五）松平但馬守友著《ともあき》の嫡男に生まれ、享保十七年（一七三二）に松平摂津守義孝《せっつのかみよしたか》の許に養子に入っていた。

「判った。聞いておこう」

「では、これにて」

下がろうとする正武を、吉宗は、待て、と制した。

「山城守、戻って腹を斬らば、義淳が話はなしと思えよ」

「……上様！」

「これ以上、其の方の好き勝手にはさせぬからの」

感窮《かんきわ》まった正武が、両の掌を顔に当て、隠そうともせず嗚咽《おえつ》を漏らした。

吉宗は、正武の傍らにいて目頭を押さえている成瀬正泰の名を呼んだ。

「そちは何ゆえ一言も話さなんだ」

成瀬正泰は、驚き、慌てたが、正武に許しを得て、訳を打ち明けた。

「そうであったか」

吉宗は、成程《なるほど》の、と呟くと、

「真似るでないぞ」

と言った。

「…………」

「山城守はそなたに附家老の役目を知らしめんとしたのであろうが、くれぐれも真似るでないぞ。命を縮めるからの」

宗春は、その年の九月に名古屋に送られ、以来明和《めいわ》元年（一七六四）に六十九歳で没するまでの二十五年間、幽閉され続けた。

だが、死しても罪は許されず、その後も天保《てんぽう》十年（一八三九）まで、実に七十五年にわたり墓石に金網を被せられたのだった。

勝手掛老中・松平乗邑《のりさと》

享保十七年（一七三二）、西日本一帯を襲った大飢饉のため、幕府は御金蔵に蓄えていた金を遣い果たしてしまった。

吉宗は、破綻した財政を抜本的に解決しようと、元文二年（一七三七）勝手掛老中の役職を復活させた。就任したのは、老中職にあった松平左近将監乗邑《さこんしょうげんのりさと》だった。

松平乗邑は、貞享《じょうきょう》三年（一六八六）、譜代の名門と言われる大給《おぎゅう》松平家の嫡男として生まれた。年回りで言うと、吉宗の二つ年下に当たる。老中職に就いたのが、享保八年（一七二三）三十八歳のときで、十四年の老中職経験を経ての勝手掛老中就任だった。時に乗邑、五十二歳を数えていた。

老中職にあった当時の乗邑は、行事や儀礼を専門的に担当していた。日光社参、竹姫の婚礼、次代将軍である家重の婚礼、田安宗武、一橋宗尹《むねただ》の婚礼など、数え上げれば切りがない。

こうして着実に実績を積み上げ、幕府の財政と農政を一手に握る勝手掛老中に就いたのだった。

《享保の改革》は、吉宗の二十九年に及ぶ在職期間中すべてにおいて行なわれていたのだが、初期の八年間、中心になって活躍したのが水野和泉守忠之であるならば、後期の八年間は松平左近将監乗邑が中心であった。

「待たせたな」

松平乗邑は、西の丸下にある役屋敷に勘定奉行の神尾若狭守春央《かんおわかさのかみはるひで》を招いていた。

呼び寄せておいて、自分は奥で書き物をしていたのである。勿体《もったい》を付けていたわけではない。年貢米の総収量を自らの手で書き写していたのだった。

「見てみるがよい」

乗邑は、書き付けを神尾春央に手渡した。

「拝見します」

数値は享保十五年（一七三〇）頃を境に、落ち込んでいた。

「本日来て貰ったのは、この数値を如何《いか》にして上げるか。その対策を話し合うためだ」

「はっ」

「検地奉行などを歴任して来た其の方ならば、今まで誰もやろうとしなかった方策があるやと思っての。存念があらば、申してくれ」

「多々ございますが、荒い方法ばかりにございます。それでもよろしゅうございますか」

「構わぬ」

乗邑は、不思議な感慨をもって神尾春央を見ていた。乗邑の耳に入ってきている噂は、非情な能吏《のうり》としての春央だったが、それにしては〝当たり〟がよかった。

「年貢の徴税法を変えるべきだと心得ます」

《定免法》から《有毛検見取法《ありけげみ》》に変えたい、と春央は言った。

「その年の出来を見て年貢高を決める方法ですので、取りこぼしがございませぬ。徹底的に絞り取ることが可能でしょう」

「余り取り過ぎると、また一揆だとか、うるさいことになりはせぬのか」

「胡麻《ごま》の油と百姓は、絞れば絞るほど出るものでございます。絞れば出るということは、まだ余裕のある証しですので、御心配は無用と心得ます」

「うむ……」

乗邑は、目の前にいる男の心のうちが見えなくなってしまった。〝当たり〟の柔らかさからは、到底窺い知れぬ非情なことを、淡々と語っている。

「次のは、かなり荒い方法でございますが」

河川敷を開拓し、耕地として年貢を課するという案だった。

「とにかく」と、春央が言った。「考えられる土地は、すべて開拓し尽くされておりますので、それ以外を探さねば増徴には繋がらないのでございます」

「いや、驚いた。あるものだの」

「まだ、ございます。飛び切り荒い方法が」

松平乗邑は、神尾春央を帰した後で、一人文机《ふづくえ》に向かい、春央が言った数々の年貢増徴案の是非を考えていた。特に、飛び切り荒い方法が、気になった。

(何ということを考えつくのだ……)

大名や旗本が領地として統治管理を許されているのは、検地によって石高を確認された土地である。ならば、検地されていない土地、すなわち高外地《たかがいち》は誰のものなのか、と春央は考えたのだった。

――幕府のものではございませぬか。

と、春央は得々として語った。

――そうであるならば、当然課税出来るはずでございます。

「むう……」

乗邑は唸《うな》ってしまった。強引な理論だが、基本的には間違っていなかった。問題は、領地の目と鼻の先にある土地に課税されて、諸大名や旗本連が認めるか否かだった。

しかし、乗邑に迷っている時間の余裕はなかった。増徴を図るためにはやらざるを得なかった。

(腹を括《くく》るときだな……)

乗邑は自分に言い聞かせた。

翌日、再び春央を役屋敷に呼んだ。春央は勘定組頭を伴って来た。

「堀江荒四郎芳極《ほりえこうしろうただとう》にございます」

畳に突いた手指には、固く黒い毛が密生しており、肉厚の額には脂が浮いていた。

大坂城代から老中、さらに勝手掛老中へと時々の頂点を極めて来た乗邑は、荒四郎のような者には出会ったことがなかった。

（涼しさのない男よの）

乗邑は顔を顰《しか》めたくなってしまったが、素振りも見せずに、

「若狭、昨夜の案だがの」と、春央に言った。「遣ってみようではないか」

「段階を設けて申し上げましたが、どこまででございましょうか」

「〝飛び切り〟までのすべてだ」

荒四郎が、膝を叩いて、

「よく御決断下さいました。嬉《うれ》しゅうございます」

と、大仰に喜びを表した。

「まだ、上様の裁可を仰がねばならぬゆえ、喜ぶのは早い」

「何の」と、春央が乗邑に、「勝手掛御老中が奏上なされば、上様も徒《あだ》や疎《おろそ》かにはなさろう筈がございませぬ。まずは決定と見てよろしかろうと存じます」

「遣りますぞ」

荒四郎が、腕をさすりながら言った。

「代官でございますが、勘定方に遣《つか》える者が何名かおります。是非にも欲しいのでございますが、何と致しましょう？」

「判った。即刻手配しよう。後で名を教えよ」

「ありがとう存じます。かの者らが加われば、もう百姓の泣きっ面は半分見えたも同様でございます」

「荒四郎がおれば、米の一粒まで見逃すものではありませぬ」

と春央が、荒四郎とは対照的に落ち着いた声で言った。

「必ずや年貢の収納高を上げまして、御期待に副《そ》う覚悟でございます」

春央が言ったように、年貢の収納高は年ごとに増え、七年後の延享元年（一七四四）には、幕政史上最高の百八十万石に達するのである。

だが――。

無理な増徴政策は、当然のように非難の渦《うず》を巻き起こした。

大名や旗本は幕府への反感をあらわにし、農民はあらゆる方面に訴えかけたのだった。

「朝廷って……天子様のとこへかね？」

畿内一円の惣百姓を束《たば》ねる、富塚《とみづか》村の治兵衛《じへえ》が尋ねた。

「そうだ」

と答えたのは、病み疲れ、死期の迫った老人だった。

「幕府に言っても、埒《らち》は明かぬ」

老人は、二年前から治兵衛の家に住み着いていた。旅に病んでいたところを治兵衛に助けられ、御礼にと薬草の知識を生かして病人を診《み》ているうちに、乞《こ》われて長逗留《ながとうりゅう》してしまっていた。僧形《そうぎょう》であったことも、村人の信用を得た因の一つかも知れない。老人は名を西海《せいかい》と言った。

「だけども、御公家様方が聞いてくれるもンかね？」

「幕府の非道を知らせに行くのだ。喜んで聞くであろうよ……」

「そうかのう？」

「これは直訴《じきそ》ではなく、あくまでも嘆願なのだから、そこを間違えないようにな」

「すると、命までは……？」

「取られぬであろうて」

「やってみるかな」

治兵衛が呟いた。

「朝廷から幕府に文句がゆく。政《まつりごと》を任せているのに、何をしているか、とな。公方様としては、このままには捨ておけなくなる。代官どもは罷免されるであろうな」

「どうして、西海さんはそんなに詳しいのかね？」

西海は、大きく息を吸うと、治兵衛殿、と言った。

「この地で厄介になるまでの拙僧は、血まみれだった……」

「………」

「いつしか一揆から一揆へと渡り歩くようになっての。代官を殺《あや》めたこともあった」

「御代官様を！」

「闘い通しの一生だった。この二年は夢のような毎日であったわ」

「訳のある方とは思ってましたが、そうですか、そうですか」

治兵衛はしきりに頷いた。

「浄土に行けますよ、西海さんは」

「いや、無理だろうて……」と西海は言うと、静かに目を閉じ、「少し休ませて貰おうかの」

「それがよい、それがよい。私はこれから百姓衆を集めて、嘆願のこと、相談しますのでな」

「際限なき年貢の取り立て、このままにしておいては、いずれ村の衆は餓《う》えて死を待つことになる。そのこと、お忘れあるな」

「遣りますよ、西海さん」

「休んでおるゆえ、後で声を掛けて下され」

西海は治兵衛らが京に上るのを床の中から見送った朝、静かに息を引き取った。

老いを知り、涌井谷衆から離れ、孤独のうちに死のうとした幽斎の最期だった。

松平乗邑の賭け

延享元年冬、吉宗は齢《よわい》六十一を数えていた。後わずかで年が明ける。年が明ければ、六十二になる。嫡男の家重は三十二。すでに吉宗が将軍職に就いた齢を上回っている。

自分は隠退し、家重に継がせる。そのように事を運びたかったのだが、家重に問題があった。病弱であるにもかかわらず酒色に耽《ふけ》り、今では言葉つきさえ定かではなくなっている。比べて次弟の宗武は、聡明だった。思ってはならぬと思っても、何ゆえ逆に生まれてこなかったのかと、繰り言を言いたかった。

実際に幕臣の中には、宗武を次期将軍にと言って憚《はばか》らない者もいた。

(だからと言って、長子相続の法を曲げるわけにはいかぬ)

ここに吉宗の悩みがあった。子は親の心の動きに聡《さと》い。吉宗の心の迷いを知ってか、さらに家重の酒色に耽る度合いは進んでいた。折も折、各地の天領ばかりでなく、諸大名や旗本から、政道の非を叫ぶ声が聞こえてきていた。

そしてついには朝廷からも、

「農民から嘆願を受けようとは、前代未聞のこと」

と、きつい抗議の声が届いていた。

(時期は来ている……)

と吉宗は、自分の政権が末期に来ていることを感じていた。

(幕府に新しい風を吹き込まねば、淀《よど》み、腐ってしまうであろう)

吉宗は、頭の中で、隠退した自分に替えて、家重を《御座之間》に置いてみた。

側には、勝手掛老中の松平左近将監乗邑がいた。

（左近か……）

家重と松平乗邑。闘う前に勝負は見えていた。

（儂が去れば、左近の天下になってしまう……）

何としたものか、と考えている吉宗には、腹案があった。あるにはあったが、余り使いたくない手だった。乗邑を罷免して、政《まつりごと》への風当たりを躱《かわ》す。かつて水野和泉守忠之に使ったのと同じ遣り口だった。水野忠之を罷免したときに感じた後ろめたさは、長く吉宗の心に残っていた。

（二度とこの手で逃れたくはない）

そう思い続けていたのだが、罷免しなければ、家重は鼻面を引き回されてしまうだろう。

吉宗は余命を数えた。祖父・頼宣《よりのぶ》は七十歳で没した。父・光貞は七十九歳の高齢で死んだ。長兄・綱教《つなのり》は四十一歳の若さだった。

（果たして自分は何歳まで生きられるのか……）

吉宗は六十一歳だった。乗邑は五十九歳になっている。権勢を誇っていられるのも、後五、六年がところだろう。

吉宗は、太い息を吐いた。

（儂は将軍として、如何程のことを成し遂げられたのであろうか。この道こそ、と思い、何事もためらいなく押し進んできた。さまざまに種も蒔《ま》いた。悔いは、ない。ない、筈じゃ……）

吉宗は、己が耳許で、微かに風が鳴るのを聞いた。それは、紀州和歌山城の《風の渓《たに》》で聞いた温かな音に似ていた。

（儂の身体は、少なくとも後六年はもつ。その間、大御所として見守ればいいではないか……）

《後見役》という言葉が、不意に吉宗の脳裡《のうり》に浮かんだ。

家宣の遺言に従ったならば、今の自分は将軍ではなく、家重の《後見役》であるはずだった。

（因果は巡るものよの）

吉宗は胸の支えが少し取れ、久し振りに安らいだ気持ちになっていた。

同じ頃、松平乗邑は、西の丸下の役屋敷の書院に座り、一人吉宗の考えを忖度《そんたく》していた。

（このまま勝手掛老中に就いていることは叶うまい）

余りに年貢の取り立てが厳しいという非難の声が、農民に大名に旗本に満ち溢《あふ》れていた。

（それに、朝廷からの御達しだ）

助かる道はない、と乗邑は、目を閉じた。

（和泉守の気持ち、今になって判ったわ）

水野忠之が罷免されたのは、乗邑が老中になって七年目のことだった。

忠之の仕事振りを間近に見ていたが、忠之に落ち度はなかった。遣れるだけのことは十全に果たしていた。

（それが、あの辞めさせられ方だ。それだけではない……）

罷免された一年後に、失意のうちに病没してしまったのだ。

（なりたくない。和泉守の二の舞いには、なりたくない）

では、どうしたらいいのか。冷え切ってしまった茶を一口飲み、乗邑は吉宗の胸のうちをもう一度考えてみた。政《まつりごと》の非難を躱《かわ》すために、生《い》け贄《にえ》として某《それがし》を斬る……。

（まだある。斬る理由はもう一つある。家重様だ）

某は力を付け過ぎた。これは、家重様に代替わりするのに、邪魔になる。

（あの家重ごときの犠牲になるのか、この俺が！）

何のための御奉公だったのだ？　幕府の財政を建て直すために、粉骨砕身してきた身を、酒色に溺れた嫡男の負担になるからと、斬るというのか！

思わず嗚咽を漏らしそうになるのを危うく堪え、乗邑は無理にも背筋を伸ばした。

（松平の嫡流たる者が、何たる女々《めめ》しさか）

自身に活《かつ》をいれようとして、乗邑は起死回生の策に気づいた。


吉宗は松平乗邑を伴い、《御休息御庭》にいた。

《御座之間》での執務を終えるや、乗邑が人払いを求めてきたからだった。

「庭を歩きながら聞こうか」

庭を行く二人から遠く離れて、太刀を捧げ持った小姓が続いた。

石を踏み、芝草を踏み、池のほとりに出た。吉宗は立ち止まると、

「左近、どうしたのだ？」

と尋ねた。

「はっ」

と答えた乗邑は、腰を折り、片膝を地に着け、口をゆっくりと開いた。

「本日は、内々にて某《それがし》の決意を御聞き届けいただきたく、非礼をも顧《かえり》みず、人払いの儀、申し上げましてございます」

「決意とは、何だ？」

「上様御承知のごとく、今や朝廷から御達しが来るほどの事態と、相なりましてございます」

「…………」

「このような仕儀になりましたのも、ひとえに某《それがし》の至らなさが因であること、重々承知しております。そこで」

と乗邑は言い、膝に置いていた手を地に移し、

「某を罷免していただきたく、御願い申し上げ奉りまする」

「何を申すか」

吉宗は乗邑の腕をそっと摑み、持ち上げるような仕種《しぐさ》をした。

「この決意、変わるものではございませぬ」

「知らなかったわ。左近が、これほど弱気だとはの」

吉宗は白い歯をこぼすと、気にせず務めよ、と言った。

「第一、罷免を乞《こ》うなど、聞いたことがないわ。儂は罷免せぬぞ」

「某、上様にではなく、西の丸におわす右大将様（家重）に罷免していただきとう存じます」

「何？」

吉宗は思わず乗邑を見詰めた。

「何と申した？」

「右大将様、そろそろ将軍職を継がれてもよろしい頃かと、某は考えおります」

「それと罷免と、どう繫がるのだ？」

「権威でございます」

と、乗邑は言った。

「かつて常憲院様（綱吉）が将軍家を御継ぎ遊ばされた折、下馬《げば》将軍と言われた酒井《さかい》忠清《ただきよ》殿を罷免なされました。また上様将軍宣下の折も、間部詮房殿を罷免し、幕閣から排除なさいました。いずれも、代替わりするまでは、飛ぶ鳥を落とす勢いであった者たちでございます」

乗邑は息を継ぐと、続けた。

「前代の権力者を罷免して遠ざけることにより、いかに権勢を誇っていた者も上様の前では無力なのだと判らせることが出来、また人心の一新も図れるのでございます。右大将様にも、罷免する者が必要でございます」

「だから、其の方を、と申すのか」

「御意にございます。自ら申すのも面映《おもは》ゆいのでございますが、某《それがし》、上様の御配慮をもちまして、幕閣一の職務に就かせていただきましたため、図らずも権力があるやに思われる身となりましてございます。右大将様に罷免されれば本望にございます」

「何ゆえそれほどまでに家重のこと、思うてくれるのだ?」

「上様の御政道にはいささか強引なところがございました……」

口が過ぎました、と乗邑は、詫びた。

「よい。申せ」

「その一助は某が致したのでございますが、上様とて未来永劫《えいごう》生き続けられるわけではございませぬ。となると、右大将様の御世《みよ》が気になるのでございます。そこで、右大将様の御世が安泰であるためには何をなすべきか、考えておったのでございます」

「そうであったか……」

吉宗の胸中に、不意に熱いものが込み上げてきた。

次男の宗武は、自分のほうが将軍の器だと、それとなく示威的な動きを見せており、四男の宗尹に至っては、兄二人は紀伊藩邸で生まれたが、自分は本丸で生まれたのだからと、将軍職を継ぐ権利を主張していた。

（何を考えておる！）

吉宗にしてみれば、怒鳴りたい気持ちで一杯だった。

「危険でございます」

と乗邑が言った。吉宗は、我に返って耳を傾けた。

「某《それがし》のような立場には、権力が集まり過ぎるのでございます。罷免することにより、権力を持たざるを得なくなる者への警鐘となりましょう。さらにもう一つ、罷免する利点がございます」

乗邑は、幕臣の中に宗武擁立を画策している一派がいると言った。

「今後、某は宗武様の擁立を口に致します。さすれば、某の力を慕い、その一派が近づいて来るは明白でございます。某がその者らの旗頭になることで、その者らの動きを正確に知ることが出来まする。そして某を罷免すれば、以降長子相続にとやかく申す者はいなくなりましょう」

「相判った」

吉宗は、腰を折り、乗邑の手を取ると、済まぬの、と言った。

「其の方の思い、吉宗、生涯忘れるものではない。嬉しゅう思うぞ」

「松平の家に生まれたときから、徳川家の御為に死ぬ覚悟で生きて参りました。罷免など、痛くも痒《かゆ》くもございませぬ」

「済まぬ」

吉宗は、もう一度呟き、乗邑の手を握り締めた。手を解くようにして、乗邑が言った。

「罷免の時期でございますが」

「いつがよい？」

「来年でございましょう」

しかし、その前に御願いの儀がございます、と乗邑は言った。

「某《それがし》への加増でございます」

「それはまた何ゆえだ？」

「ここで加増し、来年右大将様が罷免なされば、上様と某の罷免を結び付ける向きは無きやと存じます。右大将様のみの御決断と、皆は思い込みましょう」

「成程の」

吉宗は大きく頷いた。

「して、加増の高だが、どれくらいが望みだ？」

「大名家が立つほどは……」


翌年の三月、乗邑は一万石加増され、七万石となった。いよいよ乗邑の権勢が高まる中、四か月後の七月、吉宗隠退が報じられた。諸大名を集め、事の次第を発表したのは乗邑であり、隠退に伴う諸事の手配をしたのも乗邑だった。

そして九月、西の丸の家重と本丸の吉宗が、居住し執務する所を替えた。新将軍と大御所の誕生である。

それからわずか十四日後、乗邑の罷免が発表された。

使者の口上を聞き、乗邑は愕然《がくぜん》とする——。

大御所・吉宗

瞬間、松平左近将監乗邑は目眩《めまい》を覚えた。

次いで、全身の毛が逆立ち、悪寒《おかん》が奔《はし》った。

（してやられた……）

上使が帰った後も、乗邑は座ったまま動けなかった。

「殿！」

近侍する者たちが口々に呼びかけてきたが、乗邑の耳には届かなかった。いや、届いてはいたのだが、言葉を返す余裕が乗邑にはなかった。

（大御所様（吉宗）の先を読んだとばかり思うておったのに……）

乗邑の頭を占めていたのは、この思いだった。明確な約束を取り付けていたわけではなかったが、罷免され、最悪の場合でも加増分を取り上げられるに留まるはずではなかったのか。その意味を込めての加増であることは、暗黙のうちに了解していたのではなかったのか。

それなのに、出仕停止、加増分の没収、役屋敷の収公、その上さらに、

「隠居し、蟄居せよ」

とは、余りに惨《むご》いではないか。

それもまだ、自分一人なら判る。判らないまでも、判ろうと努める。だが、息《そく》の乗佑《のりすけ》にまで、登城の停止を申し渡すことはあるまい。

(このしつこさは、何なのだ……)

と考えて、乗邑は思いが至った。

(将軍家(家重)の意向なのか)

吉宗には無慈悲なところがあったが、執拗《しつよう》なまでのくどさはなかった。

(それならば、話は判る……)

宗武擁立を謀《はか》った首謀者として、乗邑を恨みに恨んだに相違なかった。

(どこまで駄目な奴なのか)

その思いは、吉宗にも向けられた。家重に、一言あってしかるべきではないか。

それもなかったということは——。

(やはり、俺は捨てられたのか)

あれほど水野和泉守忠之の二の舞いは御免だと思い続けてきた乗邑だったが、

水野忠之同様、罷免された翌年、悲憤のうちに没した。

実のところ吉宗は、乗邑の処置に関して、

「罷免と加増分のみ没収し、後は構うな」

と家重に、申し伝えていた。《御休息御庭》での申し出の件は、敢《あ》えて伏せておいた。言えば必ず、側近の者に漏れると踏んだからだった。

（それが裏目に出たのか……）

一方、家重は、父上は何をためらうのか、と考えた。

（罷免するなら、徹底すべきだ）

長子である自分を差しおき、次弟を擁立《ようりつ》しようとした男への憎しみが、思いに拍車を掛けた。

吉宗にしても、一旦家重が下した沙汰に異を唱えたくはなかった。

将軍の権威を高めるための芝居が、権威を失墜させかねないことになるからだ。

（左近、許せ……）

吉宗は、乗邑の無念にやむなく目を閉じるしかなかったのである。

これから没するまでの六年間が、吉宗の《大御所》時代だった。

図らずも、余命を考えた際、

（少なくとも後六年はもつ）

と思った時間より、一年長く生きたことになる。

この間は、幕府にとっては平穏な時間だった。成すべきことは吉宗の代で成されていたからだ。

延享元年（一七四四）に頂点に達した年貢高は、幕末に至るまで緩《ゆる》やかな下降線を辿って行くのだが、家重の時代には、それが幕府の財政を脅かすことはなかった。

台頭する商人と渡り合うのは、吉宗の孫に当たる十代将軍の家治であり、老中の田沼意次だった。

商人たちが力をつけ、やがて貨幣経済が幕府を破綻に追いやるようになる――。

その危惧を吉宗は感じ取っていたのだが、対処に乗り出すのには、有馬兵庫頭氏倫は没し、大岡越前守忠相は老いて、他に人はなく、気力も失せていた。

出来たのは、自らの血筋を保全することだった。これは、取りも直さず継嗣問題を解消する唯一の策でもあった。

吉宗には、一つの構想があった。将軍と御三家の間に、将軍と血の繋がりが濃い《家》を設けることだった。一時は一人を尾張家に出そうとしたこともあったが、家重を除く息子二人を大名にせずに近くに置いていたのは、ひとえに《家》の創設のためだった。

延享三年九月、吉宗は西の丸御殿の《御座之間》に二人の息子を呼び出した。田安宗武三十一歳と一橋宗尹《むねただ》二十六歳である。

「其の方らを城内に住まわせ、賄料として三万俵と二万俵を授けてきたのには、訳があった」

吉宗は諭すように話し始めた。

「紀伊和歌山藩藩祖・頼宣公から流れる血脈を守るためだった。言い換えるなら、儂から始まる将軍家の血脈でもある。将軍職に就いても、血脈が切れ、他家にむざむざと職を渡してしまう様を儂は見てきた。よいか、一度逃がした鳥は、二度と籠には戻らぬと知れ。儂が手に入れた将軍職を、其の方らの子が、孫が、守り抜くのだ。よいな」

「はっ」

宗武と宗尹が声を併せて、頷いた。

「宗武、其の方に十万石を授ける。なお一層、上様のために励めよ」

「ありがたき幸せに存じます」

「宗尹、其の方にも十万石を授ける。兄と力を併せ、上様を盛り立てるのだぞ」

「心得ましてございます」

「何ゆえの十万石か判るか」

と吉宗は、二人に尋ねた。

「大御所様の御陰をもちまして、幕府の財政が潤った証しかと」

違う、と吉宗は、宗武に言った。

「宗尹は、どうだ？」

「判りませぬ」

「家格だ」と吉宗は、言った。「将軍を出すに相応しい家格を、其の方らに授けたのだ。徒《あだ》や疎《おろそ》かに思うでないぞ」

二人を下がらせると、吉宗は《御座之間》から《入側《いりがわ》》に出た。庭が明るかった。

（駄目だな）

と吉宗は、心の中で呟いた。

（二人では足りぬの……）

吉宗が目を付けた第三の男子は、延享二年（一七四五）に生まれたばかりの家重の次男・万次郎《まんじろう》だった。成人の暁《あかつき》には、一家を立てさせよと、家重に命じたのである。

これらの三家が《御三卿《ごさんきょう》》と呼ばれ、幕末まで吉宗の血筋を営々と存続させて行くのである。

「大御所様」

《御座之間》から庭を眺めていた吉宗がふと目を上げると、いつの間に来ていたのか《入側》に弁佐以下根来の忍びたちが控えていた。

年を取っていた。

（無理もないことよ）

吉宗が十歳のとき、二十歳前後だった。すでに七十は過ぎていることになる。

だが、老いはしたが、身のこなしは軽く、敏捷《びんしょう》だった。

「如何《いかが》した？」

「我ら、御暇をいただく時期が参ったかと考えおります」

「何と？」

「この五十有余年、大御所様の近くにおられましたこと、幸運に存じますが、大御所様が将軍職を引かれた今が頃合いかと心得ましてございます」

「待て、そう急《せ》くでない」

と言いはしたが、根来衆の齢からして、遠からずこの日が来ることは、吉宗にも判っていた。

しかし、敢えて考えないようにしていたのだった。

（かの者らを、何とすべきか）

結論が出せなかったのだ。

申し出を受けたこのときも、まだ快《こころよ》く受け入れるのには、ためらうものがあり過ぎた。

（知られ過ぎている）

この一点が、吉宗にのしかかり、胸を圧していたのだ。

「待てと言って、聞き届ける其の方らではないの……」

「申し訳ございませぬ」

「城を出て、どうするのだ？」

「手前どもは老忍《おいにん》でございます。里に帰るつもりでおりまする」

「其の方らの一生を、儂は使い果たしてしまったの……」

「面白うございました」

「里に帰って、何とする？　残れば、生涯の面倒は見させて貰うぞ」

「ありがとう存じまする。手前どもは、上様の御陰をもちまして働きがありましたゆえ、家と申しても炭焼き小屋のようなものですが、そこで余生を送れることになっております」

「活計《たつき》の心配は、ないのだな？」

「ござりませぬ」

相判った。吉宗はきっぱりと言い切ると、御座から下り、畳に手を突いた。

「長きにわたり、ありがとうござった。今は亡き多十を含め、其の方らの助けがなくば、儂はここにはおれなかったと思うておる。実《まこと》にありがとうござった。重ねて御礼申し上げる」

頭を下げた吉宗に遅れまいと、弁佐、草刈、堂鬼、甚兵衛、小弥太、そして市蔵が、慌てて平伏した。

「どうであろうの？」

と吉宗が言った。

「別れの宴を催したいのだが、受けてくれるかの？」

「それればかりは」と弁佐が、固辞した。「我ら陰に生きる者なれば、どうも酒宴には向きませぬ」

「そう申すな。其の方らも知っている角兵衛や、多十とは因縁の越前も呼んで、盛大にやろうではないか」

「判りました」

弁佐が左右に並んだ者たちの顔色を見てから答えた。

「では、使いを出さねばならぬゆえ、一刻半の後でどうかな？　場所は、ここで」

「心得ました。それまでは控えておりますので、何かございましたときは、笛で御知らせ下さいますよう」

丑寅櫓《うしとらやぐら》と松倉櫓《まつくらやぐら》の間に、使われていない小さな書院があった。そこが、大御所になってからの根来衆の居場所になっていた。

笛は、近くに誰も忍んでいないときの非常呼び出しの合図だった。

「うむっ」

六つの影は、《入側》を滑るように出て行き、消えた。

一刻半の後、吉宗は、呼ぶまで誰も来るなと命じて、《御座之間》を封じた。

弁佐らは縁側から《御座之間》に入って来た。今は若年寄職にいる加納久通と前年に《関東地方御用掛》を辞してはいたが、未だ寺社奉行と評定所の一座などを務めている大岡忠相は、すでに座を占めていた。

老いた顔触れが、膳を前に居並んだ。

吉宗が、根来衆の労をねぎらい、それぞれに御下賜の物を授け終えるのを待って、酒宴となった。

吉宗は、自ら根来衆の前に出向き、酒を飲んだ。自分が飲むことで、酒に何も入れていないと教える意味もあった。

「足りないの」

と吉宗が言った。

「これでは、生酔《なまえ》いだわ。角兵衛、酒を頼む」

「畏まりました」

久通が次の間に消えた。

「大御所様」

と弁佐が、盃を膳に置いて言った。

「座興と申しては、ここにおります甚兵衛が怒りますが、一つ根来の術を御見せ致したく存じますが、如何《いかが》でございましょうか」

「よいの、儂は未だ忍びの術を見たことがないわ」

「では」

と甚兵衛が、酒を口に含むとゆっくりと立って、座敷の下《しも》に回った。そこに久通が、盆に燗鍋《かんなべ》を載せて戻って来た。目敏く気づいた吉宗が、座って見るようにと指示した。

「砂絵にございます」

甚兵衛の握られた右の掌《てのひら》から、乾いた砂が、さらさらと音立てて畳に落ちた。それに左の掌が加わり、両の掌が目まぐるしく動いた。砂は畳に吸い付くように落ち、絵模様が出来上がっていった。

吉宗と久通は、身体をぴくりともさせず、凝《じ》っと見入っている。

甚兵衛の手の動きが止まった。

極彩色の羽毛を身にまとった、畳一畳ほどの巨鳥が描かれていた。

「おうっ」

と吉宗が、声を上げた。

「見事なものじゃ」

「さすれば、この鳥に命を吹き込んで御覧に入れまする」

甚兵衛は、握った掌を額に当てると、呪文を唱え、そしてゆっくりと掌を伸ばした。掌から一筋、血のように赤い砂が、鳥の心の臓に落ちた。

「……！」

赤い砂が微かに脈搏《みやくう》ち始めた。弱く、そして強く、鼓動に合わせ、描かれた鳥が徐々に膨らみ、やがて起き上がろうとした——。

吉宗と久通は、瞬《まばた》きをするのも忘れて、食い入るように鳥を見ている。

鳥は起き上がると首を擡《もた》げ、辺りを見回していたが、吉宗を見詰めると赤い口を開き高い鳴き声を発して、飛びかかろうとした。久通が脇差を抜いて、吉宗と鳥の間に割って入った。吉宗は、一間ほど跳び退《すさ》っている。

「如何《いかが》なされました？」

忠相の声に我に返った二人は、鳥が幻であることを知り、思わず顔を見合わせた。根来衆の姿は、ない。

「何処だ？」と吉宗が、荒い息を吐きながら越前に訊いた。「何処に失《う》せた？」

「闇に消えましてございます」

吉宗は額に汗を浮かせて、腰から畳に落ちた。

「実に恐《げ》ろしき奴らだ」

吉宗は久通に燗鍋を目で指し、捨てよ、と言った。

忠相は、ここに至って初めて酒に混ぜ物が施されていたことを知り、甚兵衛が自分にだけ目眩《めくら》ましの術を掛けなかった訳を解した。

「大御所様、かの者ら、姿を消す前に、某《それがし》に言い遺した言葉がございます」

「何だ、何と申した？」

「五十年の恩顧ゆえ、命預けると」

この日から五年後の寛延四年（一七五一）六月二十日に、吉宗は六十八歳で没した。

死の床に就いた吉宗は、至極穏《おだ》やかな表情を湛《たた》えていた。

寺社奉行として吉宗の葬儀の御用役を務めた大岡越前守忠相は、役目を終えた後、奏者番以外のすべての職を辞し、その年の暮れの十二月十九日に没した。享年七十五であった。

単行本版　あとがき

人の器量を測るのに、《強運の持ち主》という言葉遣《づか》いをすることがある。
運を味方に出来ないような者には事を成すことは不可能だ、とする考えに裏打ちされた言葉だ。

歴史上の英傑を見ていると、やはり運を確実に摑《つか》んでいる。織田信長《おだのぶなが》しかり、豊臣秀吉《とよとみひでよし》しかり、徳川家康《とくがわいえやす》しかり、である。

徳川吉宗《よしむね》も、《強運の持ち主》だと言われている。

紀伊《きい》和歌山藩三代藩主である長兄が四十一歳で没し、四代を継いだ三兄も二十六歳で死に、そのときわずか三万石の小大名に過ぎなかった吉宗に、五十五万五千石の太守の座が転がり込んできたのだから、確かに《強運の持ち主》と言えるだろう。

また、徳川吉宗の将軍家家督相続に際しては、前将軍が後継者として名指しした尾張《おわり》名古屋藩の藩主親子が相次いで没するという強運にも恵まれている。さらに、尾張を継いだ新藩主との家督相続争いになったとき、家格からいっても尾張に分があったにもかかわらず、幕閣《ばっかく》がこぞって吉宗を推《お》すという事態になったのである。ここで吉宗＝幸運児説が不動のものになるのだが……。

本当なのだろうか、と思ったのが、本書を書き始める契機だった。

運には、

・何もしないのに、向こうから勝手に転がり込んでくる運と、

・必死になって手を伸ばし、無理矢理摑み取る運、

の二種類がある。

吉宗が後者であるとすると、彼の運はすべて説明がつく。

吉宗は《運を引き寄せた》のである。それも、強引に、である。

そうして得た地位を、吉宗は、無類の管理能力と人心の掌握術《しょうあくじゅつ》で確固としたものにしてゆく。

そこに、使うものと使われるものの駆け引きが生じる。

歴史は、彼らの駆け引きを軸に回転してゆくのである。

本書は、徳川幕府の正史である『徳川実紀《じっき》』の行間から生まれた。

すなわち、正史では最高権力者ゆえに《幸運》としか書き記せなかった裏の事実を、考察・検証し、小説化したものである。

吉宗の《真実の姿》がここにあると自負している。

予備知識のある読者諸兄なら、本書に描かれた新しい吉宗像を、驚きをもって納得されるはずである。

また、吉宗に初めて接する読者の方々は、時にナンバー3であり、時に対抗馬の存在であった者が、ナンバー1の座を勝ち取る術を興味深く読まれることと思う。

歴史小説を書く楽しさは、歴史上の人物を独自の解釈で動かせることだろう。

吉宗には、権力の座を得るためには人命をもてあそぶことも厭《いと》わない暗い部分があるかと思うと、雨が降ると嬉々として雨量を測りに庭園に跳び出すなど、奇妙に明るい部分がある。

この明と暗にくっきりと分かれる吉宗の振幅の大きさが、《権力志向者》としての吉宗と《名君》としての吉宗のあらゆる行動を可能にさせてくれた。

歴史小説の分野には、やたら詳しい読者がいると聞いている。その方々を唸《うな》らせるものが書けるのか。書く前は不安に襲われてしまったことが何度かあったが、その不安を解消してくれたのは、吉宗と彼を取り巻く多彩な人物の、行動の面白さと不可解さだった。

拙《つたな》い筆で表せたかどうかは疑問だが、筆者が楽しんで書いたことだけは、伝わると思う。

後はただ、読者諸兄のご叱責を待つばかりである。

最後に、本書を書き進めるにあたって、忍耐強く支援して下さった『かんき出版』社長の境健一郎氏、編集部の滝田秀夫氏、また叱咤《しった》激励の限りを尽くして下さった『万有社』社長の木村誠一氏に感謝の言葉を献じたい。

平成六年十一月十九日

長谷川　卓

あとがきにかえて～以下、蛇足《だそく》のことながら

佐藤《さとう》　亮子《りようこ》

長谷川卓《はせがわたく》は、昭和五十五年（一九八〇）、「昼と夜」で「群像文学新人賞」を受賞し、翌年「百舌《もず》が啼《な》いてから」で芥川《あくたがわ》賞候補となった。その後、純文学作家として書き続けていたが、平成二年（一九九〇）に静岡への転居を決め、以後次第に時代小説への興味を深め、平成十二年（二〇〇〇）、『血路《けつろ》～南稜《なんりよう》七ツ家秘録』で角川春樹《かどかわはるき》小説賞を受賞し、改めて時代小説作家としてのスタートを切った。

『運を引き寄せた男　小説・徳川吉宗《とくがわよしむね》』は、静岡移住後四年目の、平成六年（一九九四）十二月にかんき出版から刊行された作品で、作者はこの年四十五歳。角川春樹小説賞受賞の六年前であるから、長谷川卓の時代小説としては、初期も初期、超・初期！　の作品である。

本作には、作者本人が記したあとがきが付けられているので、妻による独《ひと》り言《ごと》は、ほぼ蛇足と思われるのではあるが、二、三思い出したこともあるので、書いてみようと思う。

この当時から、基本的な文体は、既《すで》に確立されていたと言ってよい。特有のドライブ感が、吉宗の影となってうごめく根来衆《ねごろしゅう》の動きに、遺憾《いかん》無く発揮されている。外連味《けれんみ》が持ち味の長谷川卓の面目躍如《めんもくやくじょ》である。ああ、やっぱり忍者が好きなんだな、と改めてニンマリしてしまった。

実は、根来忍者の中に、嶽神《がくじん》シリーズにも登場する多十《たじゅう》という名前が出てくる。こんな昔から夫の中で息づいていたのか！　と思うと嬉《うれ》しくてたまらず、思わず「よっしゃ！」とガッツポーズを決めてしまった。

ちなみに、多十という名のアイデアは、私の母方の祖母のご先祖様からいただいたものだ。よほど気に入っていたらしい。『嶽神忍風《にんぷう》』（中公ノベルス）、さらにこれを書き改めた『嶽神』上下巻（講談社文庫）の主人公として、思いっきり活躍させている。

長谷川卓は、元々歴史小説が大好きで、司馬遼太郎《しばりようたろう》、山本周五郎《やまもとしゆうごろう》、池波正太郎《いけなみしようたろう》、新田次郎《にったじろう》などなど、貪《むさぼ》るように読んでいたクチだ。自分も書いてみたい、という思いはかなり昔からあったのだと思う。

が、歴史上の人物を書くときには、史実という《縛《しば》り》がどうしてもつきまとう。史実と創作の狭間《はざま》で、何をどのような割合で書き進めれば、おもしろい作品になるのだろうか。

何しろ相手は、徳川将軍のうちでも、中興の祖として名高い大器量人・吉宗である。初代家康《いえやす》と並ぶ膨大《ぼうだい》なエピソード、また時代劇や小説でもお馴染《なじ》みの人物である。さらに、吉宗が全幅の信頼を寄せて江戸の市政を担当させた大岡越前《おおおかえちぜんの》守忠相《かみただすけ》がいる。

誰もが知ってる将軍さま、なのである。

誰もが知ってる、ということは、吉宗に関わる事実、事実ではないが有名な話、伝説等々、歴史好きな人にとっては、常識中の常識だ、ということで、新たに吉宗を主人公とする物語を書き起こすなら、それらの事を決してないがしろには出来ないのである。

これは、予想以上の手枷足枷《てかせあしかせ》だったのではないか。

誰もが知っている逸話だらけなので、あまりにも書くべき項目が多すぎ、ともすれば教科書風になってしまう。それでは物語としての味がない。吉宗の一生を、一冊の本という限られた紙幅の中に収めるためには、どの話を書き、どれを削るか、かなり詳細な設計図を引かねばならない。

それやこれやで、多分この頃の長谷川卓の頭の中は、常に「疾風怒濤《シュトゥルムウントドラング》吹き荒れる」状態だったのだろう。

夫はひょっとしたら、実在の人物を主人公としたこの作品を書いてみて初めて、好きな歴史上の人物を書くというのが、予想以上に困難な道であることに気が付いたのかもしれない。

「書きたいものと、書けるものは違うんだよね……」

と後々まで述懐していたが、その思いは、徳川吉宗という超ド級の偉人に立ち向かった後、苦く胸に残ったものだったのだろうか。だが、本作執筆で学んだ史実と虚構との絶妙な混ぜ具合のコツは、後々の作品群で大いに役立っているように、私には思われる。

本作執筆の合間に、長谷川卓が書いた短いエッセイがある。「清水《しみず》にて」という地味なタイトルで、『群像』の一九九四年十二月号に掲載されている。

前半は、富士の樹海をテーマに撮り続けている旧友の写真家・小部俊裕《こべとしひろ》氏の写真展に出掛け、久々に語らい、その労作に感じ入り、大いに刺激を受けた話である。写真展は、東京・銀座鳩居堂裏手《ぎんざきゆうきよどう》にあったギャラリーにて、同年九月末〜十月初旬の二週間開催された。小部氏の作品の「思い付きや偶然に頼らない確固とした構想」にいたく想像力を掻《か》き立てられたようだ。後に嶽神シリーズとして結実する、山野を力強く疾駆《しっく》する男たちの姿が目の前に浮かんだのではなかろうか。

「作品って奴は残酷なもので、撮影者なり作者なりの人格や努力を、すべて語ってしまう。努力すればそれなりの成果が表われ、怠《なま》けていればそれなりの結果しか出ない。そんなことは、小部氏の例を見るまでもなく、判ってはいるのだが――。」

朋友の堂々たる作品と引き比べて、田舎《いなか》へ引っ込んでしまった自分はどうだろう。なかなかこれだ、という成果を示し得ず、この先作家として成長出来るのだろうか、と心の内では忸怩《じくじ》たるものがあったのかもしれない。

後半は、後一ヶ月で二歳になろうという幼い娘を自転車に乗せて、港へお散歩に行く風景が描かれている。

娘はまだカタコトしか話せない。話が通じない。大人の都合に合わせて我慢もしてくれない。おとなしい子だったので、ぐずって大泣きすることは滅多《めった》になかったが、寂しそうに静かに泣く。これが父親にはたまらなかったらしい。

進まぬ仕事にイライラしながらも、机を後にして、娘の手を引いて出掛けていく。

いくら机にしがみついていても、秀逸なアイデアがポンポン飛び出てくるわけではない。娘とのお散歩は、実のところ、ちょうど良い気分転換になっていたのだろう。

自分自身の生活スタイルは、常にマイペースで、おもしろければ何でもやる、というスタンスの人なので、都会暮らしから田舎暮らしへシフトしても、大した違和感はなかったようなのだが、子育てしながら小説を書く毎日というのは、まさに未体験ゾーンである。

のんびりした日常がイメージ出来ることと思うが、実際は、毎日夫婦で朝から晩までてんてこ舞いであった。

夫は、四十代になるまで、ほとんど勤め人暮らしはしなかった。一日の大半を己《おのれ》の好き勝手に使えるという、至極贅沢《ぜいたく》な人生であった。子供を持つことで、状況は一変した。自分の時間を捻《ひね》り出すことが至難の業《わざ》となったのだ。青天の霹靂《へきれき》であったに相違ない。

とは言え、状況を楽しむことにかけては一家言持ちの長谷川卓である。次第に新しいシチュエーションに慣れ、持ち前の観察眼を駆使して娘を観察し始めた。

娘の笑顔に、カタコトの言葉に、

「子供って、こんな風に何でもないことで笑うんだ！　こんなこと、言うんだ！」

と毎日おもしろがっていた。

夜中に夫婦で話し込んでいたら、娘がヨタヨタ起きてきて、寝ぼけ眼《まなこ》でこちらを見ているので、

「何も食べてないよ～」

と言って、二人で手を広げて見せた。娘は私たち二人を見比べ、手元や口元にも目を遣《や》り、自分に隠れて何か美味《おい》しいものを食べていたのではなかった、と納得出来たのか、

「なら、寝る」

とのたまった。寝室に連れて行ったら、あっという間にパッタリと寝てしまった。

こっそり寝室を抜け出した後、二人で顔を見合わせ、声もなく笑い転げた。食いしん坊夫婦の子供は、やはり食いしん坊なのだった。

このエピソード、ちゃっかり『嶽神』の中に採用されていた。

読み返してみて、したたかに笑った。まこと、子育ては、実は親育てかもしれない。

娘の成長を日々見つめるうちに、そこにある人間性、明日にも花開くかと思える可能性に目を見張った。

多分、自分たちも、そうやって育てられ、大きくなったはずなのに、大人になった今は、ほとんど忘れてしまっている。だからこそ、子育てが新鮮な驚きなのだろう。

長谷川卓は、娘の姿を追ううちに、自分の書きたいのは、自分が書けるのは、手の届かない偉人ではなく、目の前にいる身近な人間なのだ、と思い始めたのではなかろうか。自分の手の届くところにいる、生身の人間。それをこそ書きたいのだ、と。

何ということもない日常に泣き笑いしながら、毎日を生きた名もなき市井《しせい》の人々や、里人から煙たがられながらも、独自の生き方を貫《つらぬ》いていった漂泊の山の民……。

そういう人々にこそ、心を寄り添わせていったのだろう。

あれから長い年月が経った。娘は大人になり、夫も思うさま時代小説を書いた。

予定より少々早く、この世とおさらばしてしまったが、夫は、初めての育児体験を通じて、時代小説家としての方向性を抜け目なく摑《つか》み取っていったような気がする。ある意味、長谷川卓もまた、「運を引き寄せた男」だったのかもしれない。

追記　本稿タイトルは、長谷川卓が敬愛する作家司馬遼太郎のエッセイ集『以下、無用のことながら』（文春文庫）への拙《つたな》きオマージュである。

令和五年五月　　　静岡にて

生後一ヶ月の娘にミルクを飲ませる作家
（1992年12月）

［主な参考文献］

・『三田村鳶魚全集』　三田村鳶魚著　中央公論社
・『新訂増補　国史大系　徳川実紀』第5、7、8、9編　吉川弘文館
・日本古典文学大系95『戴恩記　折たく紫の記　蘭学事始』
　小高敏郎　松村明校注　岩波書店
・『江戸城御庭番—徳川将軍の耳と目』　深井雅海著　中公新書
・『徳川諸家系譜』第二　（株）続群書類従完成会

注・本作品は、平成六年十二月、かんき出版より刊行された『運を引き寄せた男
――小説・徳川吉宗』を妻・佐藤亮子氏のご協力を得て、加筆・修正したものです。

運を引き寄せた男　小説・徳川吉宗

一〇〇字書評

切り取り線

購買動機（新聞、雑誌名を記入するか、あるいは○をつけてください）

□（　　　　　　　　　　　　　）の広告を見て
□（　　　　　　　　　　　　　）の書評を見て
□ 知人のすすめで　　　　□ タイトルに惹かれて
□ カバーが良かったから　□ 内容が面白そうだから
□ 好きな作家だから　　　□ 好きな分野の本だから

・最近、最も感銘を受けた作品名をお書き下さい

・あなたのお好きな作家名をお書き下さい

・その他、ご要望がありましたらお書き下さい

住所	〒				
氏名		職業		年齢	
Eメール	※携帯には配信できません	新刊情報等のメール配信を 希望する・しない			

この本の感想を、編集部までお寄せいただけたらありがたく存じます。今後の企画の参考にさせていただきます。Eメールでも結構です。

いただいた「一〇〇字書評」は、新聞・雑誌等に紹介させていただくことがあります。その場合はお礼として特製図書カードを差し上げます。

前ページの原稿用紙に書評をお書きの上、切り取り、左記までお送り下さい。宛先の住所は不要です。

なお、ご記入いただいたお名前、ご住所等は、書評紹介の事前了解、謝礼のお届けのためだけに利用し、そのほかの目的のために利用することはありません。

〒一〇一―八七〇一
祥伝社文庫編集長　清水寿明
電話　〇三（三二六五）二〇八〇

祥伝社ホームページの「ブックレビュー」からも、書き込めます。
www.shodensha.co.jp/bookreview

祥伝社文庫

運《うん》を引《ひ》き寄《よ》せた男《おとこ》　小説《しょうせつ》・徳川吉宗《とくがわよしむね》

令和 5 年 6 月 20 日　初版第 1 刷発行

著　者　　長谷川《はせがわ》　卓《たく》
発行者　　辻　浩明
発行所　　祥伝社《しょうでんしゃ》
東京都千代田区神田神保町 3-3
〒 101-8701
電話　03（3265）2081（販売部）
電話　03（3265）2080（編集部）
電話　03（3265）3622（業務部）
www.shodensha.co.jp
印刷所　　堀内印刷
製本所　　積信堂
カバーフォーマットデザイン　中原達治

Printed in Japan ©2023, Ryoko Sato　ISBN978-4-396-34892-2 C0193

祥伝社文庫の好評既刊

長谷川 卓

私《わたくし》雨《あめ》 峰蔵捕物歳時記

柳原の御用聞きの計らいで、才槌長屋に捨て子が引き取られた。癖のある店子と健気に暮らし……心温まる傑作五篇！

長谷川 卓

雨乞《あまごい》の左右吉《そうきち》捕物話

下っ引の左右吉は、顔馴染の女掏摸から殺しの下手人探しを頼まれ、探索に乗り出すが、親分からは止められ――。

長谷川 卓

狐森《きつねもり》 雨乞《あまごい》の左右吉《そうきち》捕物話

消えた旧友は店の売上を盗み、強請りもしていた？ そんなはずはねえ。だが左右吉が追うと暗い繋がりが明らかに。

長谷川 卓

柳生《やぎゅう》七星剣《しちせいけん》

柳生家が放った暗殺集団「七星剣」。政争に巻き込まれた若き武芸者は、刺客を倒し暗殺を止めることができるか？

長谷川 卓

柳生《やぎゅう》双龍剣《そうりゅうけん》

熊野、伊勢、加賀……執拗に襲い掛かる異能の暗殺集団の正体とは？ 〝二頭の龍〟が苛烈に叩っ斬る！

長谷川 卓

柳生《やぎゅう》神妙剣《しんみょうけん》

御三家の柳生新陰流の剣術指南役が次々と襲われた。「柳生狩り」を阻止すべく、己を超えた〝神妙の剣〟で挑む！

祥伝社文庫の好評既刊

長谷川　卓　**父と子と**　新・戻り舟同心①

死を悟った大盗賊は、昔捨てた子を捜しに江戸へ。彼の切実な想いを知った伝次郎は、一肌脱ぐ決意をする――。

長谷川　卓　**雪のこし屋橋**　新・戻り舟同心②

「お前は罪を償ったんだ。それを忘れるなよ」遠島帰りの老爺に忍び寄る黒い影。老同心の粋な裁きが胸に迫る。

長谷川　卓　**鳶《とび》**　新・戻り舟同心③

かつて伝次郎らに凶刃を向けた口入屋〝鳶〟を錆びつかぬ爺たちが突き止める。狡猾な一味の殺しの標的とは……。

長谷川　卓　**戻り舟同心**

齢《よわい》六十八で奉行所に再出仕。ついた仇《あだ》名《な》は〝戻り舟〟。「この文庫書き下ろし時代小説がすごい！」〇九年版三位。

長谷川　卓　**戻り舟同心　夕凪《ゆうなぎ》**

「二十四年前に失踪した娘が夢枕に立った」――荒唐無稽《こうとうむけい》な老爺《ろうや》の話を愚直に信じた伝次郎。早速探索を開始！

長谷川　卓　**戻り舟同心　逢魔刻《おうまがとき》**

長年子供を拐《かどわ》かしてきた残虐非道な組織の存在に迫り、志半ばで斃《たお》れた吉三。彼らの無念を晴らすため、命をかける！